ちくま文庫

平熱のまま、この世界に熱狂したい

増補新版

宮崎智之

筑摩書房

窓からカッと　飛び込んだ光で　頭がカチッと鳴って
20年前に　見てたような　何もない世界が見えた
すぐに終わる幸せさ　すぐに終わる喜びさ
なんでこんなに悲しいんだろう

——フィッシュマンズ『MELODY』より

目次

補章　川下への眼

1章　僕は強くなれなかった

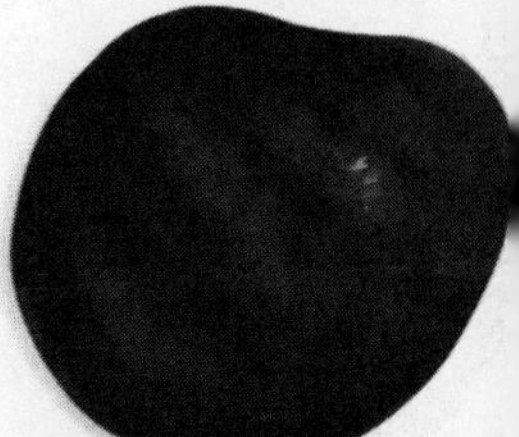

打算的な優しさと「〇を作る理論」

優しい人になりたいな、と思う。二〇代の頃は自分にしか興味が持てず、ことさらそんなことを考えたりしなかったけど、それなりに人生経験を積むうちに、ひとりでは生きていけないことや、人生には理屈だけで割り切れるものが少ないこと、人間は脆くて壊れやすいこと。そんな当たり前のことが、徐々にだがわかるようになってきた。

それでも自分がやっぱり自己中心的で理屈っぽい人間だなと思うのは、「人に優しくすると、自分が気持ちいい」という、打算的な思いがどこかにあることに気がついているからだ。

人に道を教えると気持ちいい。忙しい時期だとしても、困っている人の相談に乗るのは気持ちいい。少額だが、同業の後輩にお金を貸したことも何度かある。自分に余裕があるときなら、同じ数万円であっても相手にとってのほうが価値ある貴重なお金になるし、たとえ返してもらえなかったとしても、親切をして自分が気持ちいい範囲の金額なら問題ないと思っている（ありがたいことに、今のところすべての人に返してもらっている）。

自宅マンションのテナントに、コンビニが入っている。当然、毎日のように通っていて、朝でも昼でも夜中でも、部屋着にキャップをかぶった姿で神出鬼没に現れる僕に、店員はなにか変なあだ名をつけているに違いない（たとえば「帽子ニート」とか）。

そのコンビニに、Kさんという店員がいる。Kさんは、おそらくアジア系だと思われる、痩せて日に焼けた二〇代前半くらいの青年で、とにかくキビキビとよく動く。近くにオフィスビルがいくつかあり、時間帯によってはとても混む店なので、Kさんが入っているかどうかで会計のスムーズさがだいぶ違う。タバコの銘柄をすべて覚えているし、弁当を温めている間に他の客の会計を軽やかに手際よく済ます。とにかく仕事ができる男なのである。

しかも、Kさんはどんなに忙しいときにでも笑顔をたやさず、いつも明るく大きな声で「いらっしゃいませ!」「ありがとうございました!」とあいさつする。少し訛りはあるけど、日本語がうまく、僕がポイントカードを作らない主義なのを覚えてくれていて、「ポイントカードをお持ちですか?」と聞くマニュアル通りの対応を省いてくれる気の利いたところもある。

そんなKさんにも、ひとつだけ弱点がある。会計のときに合計やおつりの金額を日本語の数字で伝えるのが苦手なのだ。「五二二五円になります」の数字の部分で必ずつまずき、難儀そうに発音している。

たしかに、海外旅行先などでも、その国の数字を覚えたり、発音したりするのには苦労する。合計やおつりの金額はレジに表示されるし、機械に合計金額を入れて、自動的におつりが出る仕組みだから間違えようがないのだが、少なくとも日本ではお金を預かった際は、きちんと金額を言葉で伝えることになっている(以前、TBSラジオ「爆笑問題カーボーイ」でも同じようなネタが投稿されていた)。

あるとき、いつものように金額を言いにくそうにするKさんに、僕は「一二五〇円」と日本語で発音してみせた。するとKさんはいつになく真剣な眼差しで僕を見つめて、「せんにひゃくごじゅうえん」とゆっくり発音した。うなずく僕に、Kさんはうれしそうに「一二五〇円」と大きな声でもう一度発音し、会計を素早く済ませてくれた。

それ以来、Kさんが数字を言いにくそうにするたびに、僕が正しい発音を伝え、Kさんが復唱する、というやりとりが続いた。いつしか二人の恒例行事になり、僕が店内に入っていくと、「今日は間違えませんよ」と言いたげな笑顔をみせてくれるようになった。そういうときに限って、「六七九円」といった難易度の高い数字だったりする。六〇〇は、「ろくひゃく」でも「ろっひゃく」でもなく、「ろっぴゃく」であり、外国の人からするとややこしい発音であることに、僕自身もそのとき気がついた。

Kさんの日本語は日々、上達している。もちろん、数字の発音も。それまでコンビニは、無機質で、マニュアル的で、どこに入っても同じだと思っていたが、Kさんとのやりとりをとおしてその認識が変わっていった。僕の行為が親切なのか、それとも自己満足の余計なお世話なのか、実際のところはわからない。しかし、少なくとも僕は気分がいいし、Kさんのことが大好きである。

「優しさ」といえば、こんなこともあった。

ある日、僕は京王井の頭線の下り電車に乗っていた。車内は混雑していないけど、座席は埋まっていて、何人かの乗客が立っている状態だった。やがて電車が駅で停まって人が降り、また同じくらいの人数が乗ってくる。

そのとき、塾の教材なのか、熱心に漢字ドリルを睨んでいた小学生の男の子が、なにかに気がついたように突然席を立って、ドアの横側のスペースに移動した。空いた席には、八〇代くらいのおばあさんが腰を下ろした。

なんと微笑ましい光景だろう。当時三〇代でまだ体力があるはずの僕が先に気がつかず、席を譲らなかったことを少し恥じた。席に座っている周りの乗客も同じように感じているようだった。最近の小学生は、塾に通ったり、席を譲ったり本当に偉いなあと感心した。

おばあさんは二駅目で席を立った。電車を降りる間際、ドアの横に立っている男の子に、「譲ってくれてありがとね」とゆっくりした口調でお礼を言った。ますます心が温まる。僕は東京出身で、「東京の人は冷たい」と言われるたびに、「そんなもんかなあ」と思っていたが、まったく違うではないか。殺伐としがちな電車内での出来事を眺めながら、歳の離れた他人同士でも心を通わす瞬間が東京にもあるのだ、と思った。

しかし、である。おばあさんから丁寧にお礼を言われたその男の子は、漢字ドリルから目線を少し上げ、「乗り過ごさないように、三つ前の駅で立ちなさいとお母さんに言われているから」とそっけなく答えて、すぐに目線を落としたのだ。う〜む。そういうことか。

この出来事を目撃して、ある物語を思い出した。『宇治拾遺《うじしゅうい》物語』の「田舎の児、桜の散るを見て泣くこと」である。

話としてはなんてことはない。田舎から比叡山に来た稚児が、桜が散るのを見て泣いていたところ、僧が「なぜ泣いているのか。桜は儚いものであって、それは仕方ないことなのだ」と慰めた。すると稚児は「桜が散るのは気になりません。わたしの父が作っている麦の花がこの風で散って、実らないと思うのがつらいのです」と答えた。それを聞いて僧は、「何ともがっかり」と思った、というのだ。

「何ともがっかり」というのが実に味わい深い。稚児としては完全な言いがかりであって、ひどい話である。しかし、僕も(もしかしたら他の乗客も)、井の頭線で起こった小学生とおばあさんのやり取りを聞いて、同じことを思ったのではなかったか。せっかく心温まる場面に遭遇したと思ったのに、「何ともがっかり」であると。

この出来事について、僕は何日も思考を巡らすことになった。とくに明確な結論は出なかったけど、結果的におばあさんにとって親切な行為になったのならよかったのではないかと考えることにした。

そもそも優しさとは、そんなに厳格なものなのだろうか。打算的であったり、動機が思ったものと違ったりしたからといって、優しさは価値を落とすのだろうか。崇高な動機がなければ優しさではないならば、優しさのハードルは高まってしまう。修行を積んだ比叡山の僧だってあんな感じなんだから、もっと適当に考えていいのではないか。たとえ偽善だったとしても、しないよりはマシである。

そういえば、社会主義国家であるキューバのハバナを旅行したとき、街でなにもせずフラフラしながら酒を飲んでいる人たちをよく目撃した。しかし、少なくとも旅行者の立場から見た限りでは、街に殺伐とした雰囲気はなかった。僕が一生懸命に働いているキューバ人ならば、不公平に感じてしまいそうなものだが、なんとなく街を覆う空気がおおらかなのである。

その証拠かどうかわからないのだが、ハバナにはやたらと銅像が多い。国家的な英雄だけでなく、すごく頑張った一般の人に至るまで大袈裟なほどに賞賛しているのだ。「えらい！　俺らにはそんな立派なことできねえよ」とばかりに。

キューバの件は、あくまで僕の印象であって、実際はどうなのかわからない。厳しく過酷な現状もあるだろう。でも、そう感じさせてしまうくらい適当でおおらかな空気は衝撃的ではあった。小学生なのに塾に通って勉強し、仮に動機が周りの人の思っていたものとは違っていたとしても、おばあさんに二駅分、座らせることができたあの男の子の銅像を作ってしまう大雑把さが、日本にあったら面白いと思う。そもそも善意は、必ずしも相手に届くとは限らない。日本で銅像になった忠犬ハチ公の善行も飼い主が亡きあとでは届くことはなかったし、親から子への善意も届かないことのほうが多いと、誰もが経験から知っている。だから仮に勘違いだったとしても、誰かが受け取った（気がした）だけで称えるべき偉業なのではないか。

僕の持論に「〇（ゼロ）を作る理論」というものがある。どういうことかというと、僕はお年寄りや女性など、明らかに腕力の差がある人と買い物する際、袋に入った商品を全部持つことにしている（たとえば、母親とスーパーに行く場面を想像してもらいたい）。そのたびに、相手は「半分は持つよ」と申し訳なさそうに言うのだが、僕のポリシーとしては、持ちきれる荷物はすべてひとりで持ちたいと思う。なぜならひとつ持とうが、ふたつ持とうが、つらいものはつらいからである。

つまり、五対五でつらさを分配するよりも、一〇対〇のほうが、〇を一つ作れたぶん、得した気持ちになるのだ。ストレスフリーな魔法の数字である〇。ひとりはつらいけど、もうひとりは思いっきりラク。こんな素晴らしいことはなく、つらさを均等に分配しなければならないという発想は馬鹿らしく感じる。

この理論は、他の場面にも適用され、たとえばクルマの同乗者が疲れているならば、運転手以外は眠っていいと思っている。それを嫌がる運転手も多いらしい。しかし、五人乗りのクルマで四人が寝られれば、○を四つも作れることに注目をしてほしいのだ。

仕事も同じである。上司より仕事が早く終われば先に帰ってもいいし、ある部署が繁忙期だからといって、他の部署まで残業することはない。ラクをできるならしたほうがいい。

この「○を作る理論」を、別の文章で提唱したところ、「荷物を全部持たせていると周りに思われて、相手は嫌な思いをしているのでは?」「ただの自己満足」という批判が寄せられた。そこが優しさの難しいところではある。もちろん、相手との関係性や気持ちを考えなければいけないし、ケースバイケースで持論を引っ込めるべきだ。

一方で、「この筆者は優しい人」という感想もたくさんあった。「自己満足」という批判は当たっている部分があり、どちらかというと自分のためにやっている気持ちのほうが強いので、僕としては「優しさ」とは違うものなのだが、「優しい人」ととらえる人もいる。

少なくとも、僕が思うのは、誰かがつらかったら、周りも同じくらいつらい思いをしなければならない、なんて考え方はおかしいということだ。誰かがつらい思いをしているとき、みんながみんな同じようにつらくならなければいけない、といった空気が日本にはある。これはキューバの人々から受けた印象とは真逆であり、日本には頑張っている人がそうでない人に不公平さを感じやすい土壌があるとも言えるだろう。そうした空気があまりに蔓延し過ぎると、ラクな思いをしている人がいたとしても声を上げづらくなってしまう。

これは、つらい思いをしている人にとって損なことである。本来ならば助けてくれる人、なんなら○を作れるくらい余力がある人の口を塞いでしまうことになってしまうからだ。少なくとも僕がつらいときには、堂々とラクな人に頼りたいし、そうでないときにはなるべく○を作れる側にまわりたい。

つまり、優しくあること、○を作れる側にまわることの裏には、自己満足だけではなく、僕なりの打算がある。自分の強さに自信があり、正義感に溢れているからやっている、なんてことでは決してない。しかし、打算的であったとしても、それが利他的な結果に少しでもつながる可能性があるのであれば、別に悪いことではないのではないかと思う。

ちなみに、この原稿は、自宅近くのカフェで書いている。中央にある大きな丸机の一角を陣取り、パソコンを広げて執筆していたのだが、途中でご高齢の集団が入ってきて、丸机に座ろうとした。「原稿に集中したいのに、お喋りでうるさくなりそうだな」と思った僕は、それとなくカウンター席に移動し、執筆を続けることにした。するとと、僕の席が空いたぶん、ご高齢の集団は、ちょうどぴったり丸机の席に収まることができたのだ。ひとりのおじいさんが、「ありがとうございます」とお礼を言ってきた。素直で正直な小学生ではない僕は、「どういたしまして」と笑顔で返事をした。

優しい人になりたいな、とは思うけれど、本当にそうなれているかどうかはわからない。厳格さも崇高さも、僕は持ち合わせていない。僕は、打算的で理屈っぽく、かつ適当さに憧れを持つ人間なのである。そんな僕でも、優しい人になりたいとたまには思う。

＊引用、参考文献
『新明解古典シリーズ7　今昔物語集　治拾遺物語』（桑原博史監修、三省堂）

「何者か」になりたい夜を抱きしめて

亡くなった父は少し変わり者で、時々、妙な名言を吐く人だった。父が遺してくれた言葉の中で心に刻まれたものはたくさんあるが、いまだことあるごとに思い出す一言がある。

高校生のとき、思春期を迎えた僕は毎朝、鏡の前で一生懸命髪をツンツンにセットしていた。当時はまだワックスより、ジェルが主流。短めにカットした髪をこれでもかというくらいツンツンにし、少しでもカッコよく見えるよう躍起になっていた。

そんな息子を見て、思うところがあったのだろう。鏡を前にした僕の後ろをうろうろしていた父は一言、「自分が人に注目されていると思ったときは、十中八九、社会の窓が開いているときだ」と訓示したのであった。なるほど、だいたい当たっている。

さすがに三〇代後半になった今はそんな自意識はないが、むしろ最近のほうが社会の窓が開いていることが多いため、むやみやたらに注目を集めないように気をつけたい。

でも、まったく自意識がないかと言うと、それはそれでなにかを誤魔化している気がする。正直ではない気がする。SNSが生活に組み込まれた現在では、誰もが「見られる客体」になり得る。写真だって簡単に加工できるし、言葉、とくに「文字」は嘘をつくのに一番便利なツールであるため、文字を使って発信しているあらゆる表現に嘘や虚栄、過剰な自意識が少しも混じっていない、なんてことを断言できる人はいないのではないか。

そうした状況が、僕を「何者か」にドライブさせる。いや、僕だけではない。今の時代は誰もが「何者か」になりたくて仕方ない思いを抱いているように見える。

しかし、「何者か」とは、いったい何者なのだろう。後世に残る芸術作品をものにした人を指すのか、偉大な起業家で富を築いた人を指すのか、それともX（旧ツイッター）で何十万フォロワーを獲得した人気者を指すのか。人によって定義はまちまちだが、誰もが頭のなかに追い求める「何者か」がいて、その「何者か」に常に急かされながら生きている。少なくとも、僕にはそういった感覚がある。

と思っていたところ、「何者か」がむくむくと頭のなかに立ち上がり、人々を悩ませるようになったのは、考えてみれば当たり前だが、なにも最近だけの現象ではないことがわかった。それは、二葉亭四迷を読み直したことがきっかけだった。

二葉亭四迷と言えば、小説『浮雲』によって、言文一致体の嚆矢《こうし》となった人物である。この事実は、誰もが学校で習うことであり、日本文学史上、最も重要な人物のひとりとして記録されている。しかし、意外にも二葉亭は『浮雲』の出来について自信が持てず、どこか自分の文筆活動に欺瞞を感じ続けていた人物でもあった。実際、二葉亭は、その後、翻訳業や教育などに従事し、『浮雲』以降、自作を発表するまで二〇年もかかっている。

ペンネームの由来となった「くたばってしまえ！」は、文学者になりたいと言った二葉亭四迷に父親が叫んだものとされることもあるが、これは正しくなく、二葉亭自身が二葉亭自身に放った怒号である。詐欺まがいの文章を書く自分への苦悶の叫び。

そんな二葉亭が生涯で残した小説は、たったの三作品だけだった。新聞社のロシア特派員としてペテルブルクに赴任した帰路、洋上で没したのだが、その旅の直前に書かれた『平凡』が遺作となった。文学史で「何者か」になったはずの二葉亭が最後に書いた作品が『平凡』というタイトルだったことは、この作家の悲痛な人生を物語っている。

『平凡』のあらすじをまとめるのは、とても難しい。それでも無理やりまとめるならば、昔はあるサークルでちょっと名の知れた文士だった男が、自身の人生や、文学的な態度、動機に欺瞞を感じ、欲をなくして「どうか忰《せがれ》が中学を卒業するまで首尾よく役所を勤めていたい」という「平凡」の境地に至るまでの物語である。

物語のラスト、文学修養と称してほとんど気まぐれな戯れとしか思えない色恋沙汰に入れあげ、自身の進学費用をまかなったがために貧困に窮する実家への仕送りを滞らせた挙句、「父危篤」の報を無下にして臨終に立ち会えなかった主人公はこう語る。

つくづく考えて見ると、夢のような一生だった。わたしは元来実感の人で、始終実感で心をいじめていないと空疎になる男だ。実感で試験をせんと自分の性質すらよくわからぬ男だ。それだのに早くから文学に陥《はま》って始終空想の中に漬《つ》かっていたから、人間がふやけて、だらしがなくなって、まじめになれなかったのだ。ややまじめになれ得たと思うのは、全く父の死んだ時に経験した痛切な実感のおかげで、すなわち亡父の賜《たまもの》だと思う。

「何者か」を目指すことに、どこか虚しさと焦燥感を覚えるのは、この「実感」を疎かにしているという罪悪感があるからなのではないかと、ふと思う。もちろん、「何者か」になる自分に対して「実感」を覚え、空想と経験と生活のバランスをとりながら、生きている人もいるだろう。けれど、誰もがそうなれるほど、人間は強い生き物なのだろうか。ついつい頭の中の実態のない「ふやけたもの」に搦めとられて思考が空転してしまい、自分の元来の性質すら摑み取れない人がほとんどではないか。

僕は、自由が好きだ。だから、誰もが自由に生きられる世の中になってほしいと思っている。自由でいたい以上、他人の自由も尊重しなければいけない。当然、自由でいるためには、ある種の「強さ」が必要になる。ところが残念ながら、僕はとことん「弱い」のだ。だから『平凡』の主人公が抱いた自分に対する猜疑の念がよくわかる。

昭和の時代に活躍した保守系の論客に、福田恆存《つねあり》という人がいる。主張によっては、それはどうなんだと疑問に思うものもある一方、劇作家でもあった福田が『人間・この劇的なるもの』で書いた下記の一節を読み返すたびに、ぐぬぬ……となってしまう。

　また、ひとはよく自由について語る。そこでもひとびとはまちがっている。私たちが真に求めているものは自由ではない。私たちが欲するのは、事が起るべくして起っているということだ。そして、そのなかに登場して一定の役割をつとめ、なさねばならぬことをしているという実感だ。なにをしてもよく、なんでもできる状態など、私たちは欲してはいない。ある役を演じなければならず、その役を投げれば、他に支障が生じ、時間が停滞する——ほしいのは、そういう実感だ。

引用文をタイピングして、またぐぬぬ……となる。自由を最大の価値と思ってこれまで生きてきたものの、生きてきた「実感」として、福田のこの主張はなかなか論破できない。

自分が誰かや社会にとってかけがえのない存在であり、自分がいなくなると困った事態が生じるという実感がなくては、人間は生きていけないのではないか。その実感さえあれば、自分を粗末に扱ったり、自分が社会に存在できなくなるような滅茶苦茶なことを、他人に対して行ったりしないのではないか。自由も、ふと油断すると「ふやけたもの」として、机上の空論になってしまう。「何者か」を目指すのもいいけど、まずはその実感を得られなければ生きていけない弱い存在が人間なのではないか。

そう考えてみると、「何者か」という言葉の持つ所在のなさ、というか心許なさの正体がぼんやりと見えてくる。つまりが、「何者か」なんて役は、社会にも演劇にもどこにも存在しないのだ。とても「ふやけた」言葉である。少なくとも、「何者か」になる前にはその役は存在するはずがなく、役のない役者が舞台に立つことほど不安な状態はない。人生はままならない。だからたとえ自由を制限することになったとしても、なんらかの役を与えられなければ何者にもなれず、宙ぶらりんのまま存在するほかない。常に強く、正しく生きることがどうしてもできない僕には無理である。そんな自分に、「くたばってしまえ！」と言いたくなるときもある。でも、くたばってしまうのは、やっぱり嫌だ。なんとか楽しい人生を送りたいものである。どうしたものか。

少しだけ光明が見えてきたのは、友人たちと定期的にキャンプをするようになってからのことである。日差しも外気も苦手な僕が、なぜキャンプにハマったのか自分でもまったくわからなかったが、二〇一九年に東畑開人の『居るのはつらいよ　ケアとセラピーについての覚書』（医学書院）という本を読み、その理由がおぼろげながらに整理できた気がする。

東畑によると、なんらかの変化を目指すという目的があるセラピーと違い、ケアは基本的に変化のないサザエさん的な日常を繰り返すものだという。線的な時間と、円環的な時間という違いでも説明され、前者では「する」ことを、後者では「いる」ことを求められる。言い換えるならば、「ｄｏ」と「ｂｅ」とではその性質や流れる時間の感覚が異なるということである。

この本を読んで、なるほどと思ったのは、おそらく僕の人生は目的達成的なｄｏばかりであり、無目的なｂｅになれる場面が極端に少ないのではないかということだ。

つまり、僕がキャンプに惹かれるのは、キャンプがｂｅの場だからである。もちろん、ｄｏとｂｅはパキッとわけられるものでもないし、ｂｅならではのつらさもある（そのへんのことについては、ぜひ『居るのはつらいよ』を読んでいただきたい）。

実際にキャンプでは、テントやタープを張ったり、食材を仕入れたり、調理したりといったｄｏがたくさん存在する。「役割」が与えられる。しかし、そういった絶妙なｄｏの後に、壮大なｂｅが待っているのだ。暗くなったらまともに動けないし、コンビニなんて気の利いたものもない。そしてなにより、携帯の電波が通じないことも多いから、なおさらｂｅになる。

最終的にはただ「いる」だけの状態になる。毎回、ほとんど同じメンバーなので、「去年のキャンプは雨が降ったよね」「誰々が寝坊して大変だったよね」といった内輪ネタで盛り上がるか、まったく無目的な怖い話などをするしかない。円環的に時間が流れていて、成長する必要もない。ただ、ｂｅになるためだけに集まる場がキャンプなのだ。

そして、繰り返すがキャンプでは適度に「役割」も与えられる。ちなみに、僕の主な役割は「火の番人」である。友人たちに言わせると、僕には火をおこしたり、維持したりする天賦の才があるらしい。暗闇のなか、火に照らされた青白い僕の顔は神々しくもあるそうだ。なんだか馬鹿みたいな話ではあるが、その瞬間、僕は確実に「何者か」になっている。

ここまで、二葉亭四迷だとか福田恆存だとか、つながらなそうな話をだらだらと書いてきたが、なんとキャンプ、それも「火の番人」ですべてをつなげようとしているのだから、我ながらに自分が怖ろしい。だけど、あながち冗談で片付けられる話ではないような気がしている。

つまり「何者か」というのは本来、ｂｅの話だったのにもかかわらず、どこまでも目的達成的で、存在そのものを顧みない「実感」に乏しいものになっているがゆえに、焦燥感、空虚感にさいなまれるｄｏ的な時間感覚に追われる状態になってしまっているのではないか、ということだ。そのねじれが、僕をより焦らせ、より困惑させる。いわゆる「あがり」という状態がない今の時代は、常に成長し変化するｄｏが求められる。無目的に集まったり、なにかをやったりする場や時間を設けることが難しく、ｂｅがままならない時代だとも言える。だからこそ、そこにいるだけで無条件に「何者か」になれる場や時間を確保することが大切なのではないか。

それは後世にも残らないし、偉大でもないし、強くもない。「平凡」なままでも、自分の存在に確かな「実感」が得られる避難所（アジール）だ。

それでも正直なところ、偉大なる「何者か」になりたいという思いは、まったくゼロにはならない。「何者か」として世に認められたいという思いが、どうしても頭をもたげてしまう。その業は、もしかしたら一生つきまとい、僕を悩ませ続けるのかもしれない。

しかし、たとえ「平凡」であっても、「何者か」になれるということだけは、忘れないでおきたいと思う。今のところ、「我こそが火の番人である」と、神々しく言い放つ「弱い何者か」が僕なのだ。

＊引用、参考文献
『平凡　他六篇』（二葉亭四迷、岩波文庫）
『日本近代文学入門　12人の文豪と名作の真実』（堀啓子、中公新書）
『二葉亭四迷伝』（中村光夫、講談社文芸文庫）
『人間・この劇的なるもの』（福田恆存、中公文庫）
補足：「ｄｏ」と「ｂｅ」の議論は、『居るのはつらいよ』のほか、『さよなら、俺たち』（清田隆之（桃山商事）、スタンド・ブックス）などを参考にした。

僕は強くなれなかった

朝、鈍い日が照つてて
　風がある。
千の天使が
　バスケットボールする。

中原中也の「宿酔」という詩の一節である。「千の天使が　バスケットボールする。」。二日酔いの苦しさと、なんともいえない侘しさをこれほどまで的確に表現した詩人はいないのではないか。中原中也は、酒席で太宰治に「何だ、おめえは。青鯖が空に浮んだような顔をしやがって」などと罵って理不尽に絡んだり、中村光夫の頭をビール瓶で殴ったりといった伝説に事欠かない酒飲み、もとい酒乱だ。

中原中也で卒業論文を書いたからというわけではないが、僕もよく酒を飲んだ。文学部にいるうちは、本を読み、酒を飲んでいれば、一人前に「文学」に励んでいることになると思い込んでいた。過去の文学者に倣って大酒を飲み、「何者か」になったつもりでいた。

社会人になってからも、毎日とにかく、酒、酒、酒の日々……。三六五日、休みなく飲み続け、休肝日という発想は皆無だった。「酒をやめるくらいなら、死んだほうがまし」。本気でそう思い込んでいた。

しかも、何年もののロマネ・コンティ……なんて上品な飲み方ではなく、重要なのはアルコール度数だ。度数が高くて、値段が安ければなおいい。お金がなかった二〇代前半には、わざわざ遠方の酒屋まで歩いて、度数とリットル、値段を計算し、一番費用対効果が高い酒を探したものである。四リットル一八〇〇円ほどの安焼酎を背負って帰っていたのだから、当時の僕には元気があった。

度数至上主義。そう呼べば多少は聞こえがいいが、ようはただの馬鹿である。そのうえ、一部界隈では「早飲みの宮崎」の異名を取っていたため、四リットルの空きボトルが一気に溜まる。大学時代、ある先輩が「酒は飲むものではなく、消すものだ」と僕に教えてくれた。世界中を放浪するのが好きで、偽物のトルコ絨毯をつかまされたことを笑って話してくれた先輩は、今どこでなにをしているのだろうか。

しかし、酒を飲んだって何者にもなれはしない。中原中也は酒を飲むから詩人だったのではなく、ただ単に「詩人であり、かつ酒飲み」であっただけなのだ。「平凡であり、かつ酒飲み」の僕は、いつからか酒と上手く付き合うことができない自分に気づきつつも、それを認めることができないでいた。明確な破綻を迎える時までは。酒を飲むと気分が良くなり、楽しくなる。気が大きくなり、全能感が味わえる。普段よりも積極的な性格になって、いろいろな人と語らい、仲良くなれる。酒のない人生なんて、空虚で華もない。酒こそが人生だ。そんなふうに思い込んでいたため、自分が酒をやめられる人間だとは思ってもいなかった。というか、酒のない生活がどういったものなのか、僕には想像することすらできなかった。

事態が急変したのは二〇一六年五月。急性膵炎《すいえん》で二度目の入院をした際、医師から

「金輪際、もう酒はやめてください」ときっぱり宣告された時である。神託を下《くだ》すような、毅然とした物言いだった。

急性膵炎は、アルコール性のものが多いらしく、僕の場合は十中八九、アルコールに起因する症状とのことだった。「酒をやめるってことは、今後の人生、一杯も飲んではいけないってことでしょうか？」なんて野暮な質問はしなかった。なぜなら、一度目の入院の後、節酒に挑戦するも失敗した苦い経験がすでにあったからだ。

「飲みすぎたのがいけないんだ。これからは休肝日を設けて、ほどほどに飲もう」。そんな計画が続いたのは、たったの一か月。入院のつらさを忘れた頃には、すっかり元の飲み方に戻っていた。いや、以前より酒量が増えたかもしれない。ダイエットでいうリバウンドみたいなものである。しかも、途中から「赤ワインは体に良さそうだから、いくら飲んでもオッケー」という謎のルールが加わった。これでは、焼酎がワインに替わっただけだ。赤ワインを口の周りにつけながら、行きつけのバーでくだを巻いていた僕は、ワインを愛好する女優が亡くなったニュースを聞き、その場で膝から崩れ落ちた。

そんなこんなで、二度目の入院と相成ったわけである。アルコールについては、今思えば笑い話になることもたくさんある。しかし、冷静に振り返ってみると、当時の僕はやっぱり心が壊れていた。それをなんとか取り繕おうとアルコールを飲み、さらに心は壊れ、酒は深くなっていった。

どこかで歪みが生まれたのだろう。気がついたら、酒量が常軌を逸した量になっていた。それがいつからなのか正確な線を引くことはできない。「あそこかも」と思う地点もあるが、徐々に酒が日常を侵食して生活を覆っていった、というのが実感だ。

三〇歳の時に、僕は離婚した。理由を人に聞かれたら、「小さなすれ違いが重なって、ある時期から取り返しのつかない心の距離が生まれてしまった」と説明している。この説明に偽りはないが、その根底には僕の飲酒の問題があったのは間違いない。どこかのタイミングで、酒が楽しむために飲むものではなくなっていった。仕事に集中し、気が高ぶり過ぎて眠れなくなった。強制的に仕事のことを考えなくするために、気絶するまで酒を飲んだ。そのうち、「執筆に弾みをつけたい」と、仕事中も飲むようになった。そして、仕事のストレスや、なかなか成長できない自分に対する自信のなさを忘れるための「物質」として、酒が手放せなくなった。「効能」を求めて酒を飲むようになり、求める効能の数は次第に増えていった。効能が、僕の駄目な部分、嫌いな部分を治してくれると信じた。さらに、酒によって生じたメンタルや体のトラブルを、効能によって抑えようとすらした。DVや借金といった深刻な事態には発展しなかったが、前妻との生活に向き合うことから逃げていた。

最後は目の前の現実から目を背けるため、朝起きた瞬間に酒を飲んだ。夜、泥酔してもう一歩も歩けない状態になっても枕元に酒がないと不安になり、千鳥足でコンビニまで酒を買いに行った。そして、また少し飲んで眠り、起きたら余っている酒に手をつけて、また酔った。当時、勤めていた編集プロダクションは出勤時間がゆるかったため、酔いが少し醒めてからシャワーを浴び、臭いを誤魔化して出社した。

離婚し、僕ははじめて「人間の心は壊れる」ということを知った。心が壊れる瞬間の音を、リアルに聞いたような気がした。もちろん知識ではそういうこともあると知っていた。しかし、体は弱いけど、どちらかというと心は強いほうなのではないかと、自分では思っていた。心が壊れる音を聞いたとき、そうではないことを悟った。でも、すぐにやめることはできなかった。酒を飲むと、心の弱い部分、壊れた部分が隠せると思っていた。飲んでいる間は、自分を強い人間だと信じ込むことができた。そして破綻を迎えたのだった。

アルコール依存症は「否認の病」だと言われている。自分では認めたがらないのが特徴のひとつなのだ。「アルコールを飲んでも大丈夫」という理由を自分で探して捏造したり、時には飲んでいることを隠したりする。振り返ってみると、ぴったりと当時の行動に符合する。

医師から断酒を命じられたとき、僕が素直に受け入れられたのは、臓器が悲鳴をあげて下手をすれば命に関わる状況に陥りかねなかったからだけでなく、すでに気づいていたからである。僕は弱い人間であり、強くなろうとするたびにむしろ事態は悪化して、どんどん追い込まれていっていることに。だから、医師にはっきりと引導を渡されたとき、どこかほっとしている自分がそこにはいた。

一方、アルコール依存症は歴とした病気であり、心の弱さや根性のなさのせいにしてはいけないと、どこかの本に書いてあるのを読んだ。それもその通りなのであろう。なにかのきっかけがあれば誰でもなり得る病気なのだということを、断酒を始めてから理解した。

どちらにしても、素直に負けを認めることは重要なのだ、と医師からの宣告を聞きながら思った。楽しいこともあった。つらいこともあった。アルコールは厄介な友達だとわかっていたが、いつかは手なずけ、仲良く一緒に人生を歩めるようになると信じていた。でも、最後までそうはならなかった。いつしか率先して、悪友に手を貸すようにもなった。もちろんアルコールはひとつの要素であり、他にもさまざまな問題があるのだろう。しかし、断酒を決意したとき、僕は少なくともアルコールに敗北したことを明確に認めたのだ。

断酒から四年以上経ち、酒を飲みたいと思うことも少なくなった。体調や精神が安定し、飲んでいたときより私生活も仕事も楽しめるようになった。以前よりも充実している。人付き合いは減ったが、もともと大人数の場は苦手であり、緊張感をやわらげて陽気に振る舞うために酒を飲んでいた節があったのだから、やめたならばやめたで必要なときや、自分が楽しめそうなとき以外は、そういった場を避ければいいだけのことだ。たぶんこれから、さらにもっとよくなるはずである。酒のことなんて完全に忘れて、楽しい人生を歩んでいく。おそらくはきっと……。

一方で、ふとした瞬間、こんなことを考えてしまうことがある。

もし人生をやり直せるとしたら、いつ、どの地点に戻りたいか。

大学生に戻って、もう一度モラトリアムを楽しむか。受験生に戻って、もっと頭の良い大学を目指すか。部活動に熱中した中学生時代に戻るか。はたまたいっそのこと、母の胎内から出てきた、あの輝かしい瞬間からやり直すか。なかなか答えが出ない。どの段階に戻っても、結局は僕の人生なのだから、結果は同じだろうとも感じる。

もちろん、それも本音ではあるのだが、ここで僕は正直に告白したいと思う。僕にはできることならば戻りたい地点が、ひとつだけ存在するのだ。

今でもちょっとしたことがきっかけであの酩酊感や全能感への誘惑が襲ってくることがある。もう四年以上もやめたのだから、今度は酒とうまく付き合えるのではないか。いや、一度でも依存症になると、もとの酒飲みには戻れないと聞く。とくに僕なんて、きっと駄目に違いない。だいたい、一度目の急性膵炎の後だってそうだったではないか。今飲んだら、また同じことの繰り返しだろう。

でも、と僕は思う。

でも、もし酒の魔力を覚える前の人生に戻ることができたなら、今度はあんなヘマは絶対にしないのに。アルコール依存症にならない程度のほどほどをわきまえて楽しむことが、僕にはできるはずなのに。それがいつのことなのか正確な線を引くことはできないけど、「その地点」に戻ることさえできれば、今度こそは必ず。絶対に。

だから、もし人生をやり直せるとしたら、僕は酒を覚える前の地点に戻りたい。また酒のある生活を取り戻したい。それが嘘偽りのない本音である。愚かにも僕は、いまだ自分がアルコールに溺れることなく、コントロールできる人間だと心のどこかでは思っているのだ。

しかし、僕は飲まない。少なくとも今のところは、もう二度と飲まないつもりでいる。なぜか。意志が強くなったからなのか。

決してそうではない。事実はまったくの逆だ。僕は意志が強くなどなっておらず、相変わらず弱い。しかし、酒に手が伸びそうになったとき、僕を寸前で止めてくれるのは、むしろ「弱さ」のほうである。再び敗北するのを恐れる臆病な「弱さ」が、酒をコントロールできるという思い込みから、僕を少しだけ引き離してくれる。

それを何度も何度も繰り返して、日々を積み重ねていくしかないのだろう。自分の「弱さ」を忘れないよう、今日も断酒を続けている。

＊引用、参考文献
『中原中也全詩集』（中原中也、角川ソフィア文庫）

ありのままの世界

　ある文章を読み、なぜこの作者は自分の心をこんなにも理解しているのだろうか、もしかしたら忘れているだけで、過去に自分が書いた文章なのではないか。そんな感覚を覚える瞬間がある。もちろん錯覚なのだが、これはなにも僕に限ったことではなく、たくさんの読書家や文筆家が同じような体験があることを告白している。

　それはときに好きなバンドの音楽として、目の前に現れることもある。フィッシュマンズ（Fishmans）の「MELODY」を聴くたびに、僕はまるで歌詞のなかに自分がいるかのような錯覚に陥る。

　フィッシュマンズは、ボーカル、ギターの佐藤伸治らによって結成されたバンドである。佐藤は一九九九年の三月一五日、僕が一七歳になる前日に亡くなった。リアルタイムではほとんど追えず、フィッシュマンズの楽曲を聴き込むようになったのは、大学生以降のことだ。

ありがたいことに、フィッシュマンズは佐藤の没後もドラムスの茂木欣一（現・東京スカパラダイスオーケストラ）を中心にたびたびライブを開催しているので、何度も観に行っている。河出書房新社が発刊した『ロングシーズン　佐藤伸治詩集』も大切に持っている。

「MELODY」の歌詞の中には、佐藤のこんな言葉がある。

窓からカッと　飛び込んだ光で　頭がカチッと鳴って
20年前に　見てたような　何もない世界が見えた
すぐに終わる幸せさ　すぐに終わる喜びさ
なんでこんなに悲しいんだろう

僕は、今でも佐藤のこの言葉を聴くと、涙が出そうになる。佐藤も同じ悲しみを抱いてくれていたのかと泣きそうになる。いつからか、僕も頭がうまい具合にカチッと鳴らなくなった。でもなにかの拍子に、頭のネジが元あった位置に嵌《は》まり、子どもの頃に目にしていた世界が見えた気がすることがあった。しかし、その感覚はすぐに消え、現実に戻された。佐藤の繊細な精神、感受性、魂に響くような言葉の強さと弱さ。脆く儚いこの世界を、こんなにも率直な言葉でとらえた同時代の表現者はほかにいなかったのではないか。

そして、佐藤の言葉に寄り添い続けながら、僕は大切なことを学んだ。それは、言葉には不思議な力があり、その力は閃光のように脳天を貫くこともあれば、じわじわと後から意味がわかってくる遅効性を発揮することもある、という事実である。また、同じ言葉でも、その時々の環境や感情、年齢などによってとらえ方が変わってくることも、言葉の持つ大きな魅力であると実感させられた。

アルコールに溺れていた頃とやめたあとでは、佐藤の言葉に対するとらえ方が僕の中で少しずつ変わっていった。酒を飲んでいた頃はとにかく悲しくて、何もない世界が見えていたときの喜びと、見えなくなってしまったあとの悲しみを忘れようとしていた。目を背けようとしていた。酒の力で悲しみを散らそうともしていた。

小学生の夏休み、朝の空気を目一杯吸い込んで、「今日はなにをしようか」と期待に胸をときめかせていたときのことを思い出す。中学生の大晦日、歌番組を観ながら翌年の目標を考えていたときのことを思い出す。高校生の放課後、飽きもせずに友達とお喋りをしていたときのことを思い出す。なぜ、今は世界を当時と同じように見たり、感じたりできないのだろうか。そんなことばかり考えていた。

僕はまったく取り柄のない子どもだったけど、何かを集めたり、日々のちょっとした変化や、生まれ育った東京の郊外・武蔵野の自然が移ろいゆく様を感じたりするのが大好きだった。なのに、いつの間にかそういったグラデーションを愛する気持ちを忘れ、極端なものばかり追い求めるようになっていった。

だけど、佐藤はかつてのように世界が見えなくなったことを悲しみながらも、自分の弱さに自覚的で、忠実だったのではないかと思う。少なくとも自分の弱さから目を背けようとする人ではなかったのではないか。そのうえで世界をもう一度見つめようとしていた。だから悲しかったのだ。

一方で、僕は思考をやめ、悲しみを誤魔化そうとしていただけだった。深く悲しもうともせず、ただ単に嘆いて投げやりになっているだけだった。僕は、世界から目を背けようとしていただけだった。

ミヒャエル・エンデによる児童文学『モモ』に出てくる、有名な「なぞなぞ」を思い出す。三人きょうだいのうち、一番上は今はいないが、これからやっと現れる。二番目もいないが、もう出かけた後。三番目だけが、ここにいる——。答えは上から順に、未来、過去、現在である。そして、「おまえが三ばんめをよくながめようとしても、見えるのはいつもほかのきょうだいの一人だけ！」という警句からもわかるとおり、現在を掴むのは非常に難しい。現在は常に、過去と未来に侵食されている。人はしばしば過去への憧憬や後悔と、未来への焦燥にとらわれ、「現在」をありのままに生きることができない。

それは、ある年齢に達すれば誰にでも起こり得ることであり、そのことをことさら苦悩と感じずに生きることもできる。そのことにこだわる姿勢を、感傷的であまりに幼稚であると思う人もいる。しかし、僕はそうではなかったし、佐藤も同じだったのではないか。

佐藤が僕と決定的に違ったのは、世界は変わらずそこに存在しているという事実から目をそらさなかったことだろう。「20年前」の世界は今も現前する。それを弱い自分のまま、もう一度見ようとした。

＊引用、参考文献
ミヒャエル・エンデ『モモ』（大島かおり訳、岩波少年文庫）

平熱のまま、この世界に熱狂したい

酒の厄介な魅力の一つに「確実性」への誘惑がある。その誘惑は、「酒を飲めば、いつでも脳内が同じ状態にセットされる」という、移ろいやすい心をコントロールできるかのような強い錯覚を酒飲みに与える。

作家の町田康に、『しらふで生きる　大酒飲みの決断』（幻冬舎文庫）という作品がある。三一年間一日も休まず飲み続ける酒徒で知られた町田が、酒をやめるに至った経緯や、断酒した後の体験を綴ったエッセイ集だ。

この作品のユニークな点は、酒をやめるという判断を「狂気」、酒を飲み続けるという判断を「正気」と、町田が記していることである。これを町田独特の屁理屈だと思う読者は、酒をやめられなくなるほど飲み続けたことがない者か、もともと酒を飲めない者かのどちらかであろう。町田が指摘するように、酒徒からしてみると、酒をやめるという判断は、まさに狂気そのもの。酒に溺れる者にとって現実はあまりにもあけすけで、人生はままならない。人間も世界も「不確実」なものだが、その不確実性に、酒飲みは耐えられない。だから酒を飲む。それが「正気」の判断なのであり、ままならない人生を酒なしで生きるには、「常に正気でい続けることの狂気」を受け入れなければいけない。少なくともそれが、酒をやめる前の酒飲みの思考回路なのだ。

僕が断酒してからまず取り組んだのは、目の前にある生活を見つめ直すことだった。かつて見えていたものをもう一度、見ようとすることだった。以前のようにクリアに見えることはもうないのかもしれない。でも、自分以外の「何者か」になろうとするよりも、すでにあるもの、あったものを見て、感じることのほうが、自分の人生を豊かにできると確信するようになった。

亡くなった父や祖父母がよく口にした「なぎ」という言葉を思い出す。父の故郷であり、祖父母が住んでいた愛媛県には、子どもの頃は毎年のように出かけ、毎年のように同じ海辺の民宿に泊まった。

「なぎが来た」「なぎだね」「海がないでいるね」。どんな言い方だったか覚えていないし、当時の僕には「なぎ」がなんのことだかわからなかった。でも、穏やかで静まりかえった、そのなんとも言えない海辺の街の情景は今でも鮮明に覚えている。そして、穏やかでありつつも、しんと静まりかえり、セミの鳴き声しか聞こえなくなった瞬間の不思議な緊張感も。

凪《なぎ》とは、沿岸地域でたびたび発生する自然現象のことである。凪が来るとあたりは無風状態となる。朝凪、夕凪と時間帯によって呼び名が違う。

僕が凪という現象に惹かれるのは、幼い頃への憧憬とともに、あの穏やかさのなかに漂う不思議な緊張感が忘れられないからである。朝凪、夕凪の違いは、発生する時間帯が異なるということだけではない。陸風から海風、海風から陸風と、それぞれの前後で切り替わる風が違うという特徴がある。つまり、凪とはただの無風状態ではなく、風が切り替わる瞬間に訪れるしばしの静寂でもあるのだ。

風が止まり、あたりが静まり返ると、そこにあったものがより正確に、細部までくっきりと姿を現す。じりじりと鳴くセミ、軒下で眠っている猫の呼吸、テレビから流れる高校野球の声援、子どもたちの笑い声。穏やかであることは、なにもないことでは決してない。むしろ、なにかに気づかせてくれる時間だ。無風状態のなかで世界を見つめ直すことにより、すでにそこにあったものの豊かさに気がつく。凪は、なにかが溢れ出し、なにかが変わる前兆でもある。

変化の激しい世の中で、凪の状態に身を置くこと。それは退屈な人生を意味したり、日常に埋没して思考停止したりすることではないのだ。日常にくまなく目を凝らし、感じられるものの純度を高める。そして切り替わった瞬間の風を全身で、肌で感じとる。そういう生き方である。

物書きの世界には、熱狂型の人生が好まれる風潮があるように思う。荒れ狂えば荒れ狂うほど感性は研ぎ澄まされると信じられ、またそうした人物像を読者側も求めてきた節があるのではないか。日常では見られないような、激しい表現、狂った人生を目撃したい、と。

もちろん、そうやって数々の素晴らしい作品が生まれてきたことも事実である。しかし、僕はそうはなれなかった。そうなる前にいとも簡単に心も体も壊れてしまうし、そうした人生を徹底することのできない臆病な人間だ。

だが、熱狂することで見落としてしまうものもあるのではないか。そうした見落としてしまうものに敏感で、悲しみや弱さから逃げなかったのが佐藤だったのではないか。断酒後に佐藤の音楽を聴いたり、詩集を読んだりするなかで、そう思うようになった。佐藤は「MELODY」の中で、「君は今も今のままだね」と語りかける。佐藤が摑み取りたかったものは、今を今と感じることができる、ありのままの世界の確かさだったのだと思う。

静寂から摑み取れるものはたくさんある。それはほとんどの場合、すでにあるものを、もしくはあったものを確認する作業であり、「常に正気でい続けることの狂気」を受け入れること、ありのままの世界をありのままに生きること、不確実な現実から確実な切れ端を少しでも摑もうともがくこと、その勇気を持ち続けることでもある。

だから今は、こんなことを心から願っている。

僕は平熱のまま、この世界に熱狂したい。

2章　わからないことだらけの世界で生きている

朝顔が恋しているのは誰？

近ごろよく転ぶ。二回目は部屋の中で盛大にひっくり返り、数日間の痛みが残った。腰も肩も首も痛いし、常に頭痛がする。督促状に気がつかなかったのか、払っていたと思っていた前年度の国民健康保険料を納めておらず、延滞金を取られた（その年度の分はきっちり納めていたのに）。

なぜこんなに嫌なことばかり続くのだろうとあれこれ考えていたら、ふと大切なことを思い出した。そうだ、朝顔を育てていないのだ。朝顔は毎夏に育てることが何年か続き、一度は中断していたものの、前年の夏に栽培を再開した、はずだった……。

その朝顔を育てていない。前年は、まったく人気がなく需要もないのにもかかわらず、わけのわからない「朝顔成長日記」をＳＮＳに投稿までしていたではないか。そんな大切な朝顔を育てていないなんて、嫌なことがあっても仕方ないな、と反省した。
そもそも朝顔をこんなにも好きになったのは、『万葉集』に出てくる、ある朝顔の和歌に出合ったことがきっかけだった。その和歌をはじめて読んだとき、僕は脳天を叩き割られたような衝撃を受け、すっかり度肝を抜かれてしまった。

展転《こいまろ》び恋ひは死ぬともいちしろく色には出でじ朝貌《あさがほ》の花

歌意：身もだえして恋に苦しみ、死ぬようなことがあろうとも、はっきり態度に出して人には知られまい。朝顔の花のようには。

作者不詳の作品である。なんてことだ。なんて想像力なんだ。朝顔のようには、恋心を態度に出さない。それはつまり、朝顔は恋心が表情に出てしまい、場合によっては、陰ながら慕う想い人に気づかれてしまっている花、ということでもある。
もちろん、僕にだって花から、なんらかの感情をわき起こすことはある。梅、桜、あじさい、バラにだって感じる。だとしても、まさか朝顔を見て、「恋心が表情に出てしまっている花」と感じる人がいるとは想定範囲外の衝撃だった。しかし、昔の誰だかわからない作者は、道端の朝顔を見て、そのような感情をたしかに抱き、和歌にしたためたのだ。都市文明に生きる僕たちには、容易には気づくことができない自然の表情である。

そう言われてみれば、そんなふうに見えなくもない。昔はどうだったかは知らないが、赤、青、紫といろいろな色があり、色によって恋心が少し異なって見えるような気もする。そう感じているうちに、朝顔に並々ならぬ愛着がわいてきた。恋心が表情に出てしまっているなんて、なんて愛らしい花なんだ、と。

僕は、夏が嫌いである。暑さに耐えられないし、日光を浴びるのも苦手だし（冬の寒さも苦手なのだが）、なるべくなら外出したくない。海に行くと熱が出るため、冷房の効いた部屋で過ごすのが一番である。だが、その和歌を知ってからは、夏が少し好きになった。そして、朝顔の花が咲くと、なんとなく切ない気持ちになった。

そんな大切な朝顔の存在を、僕は忘れていた。新しい土と肥料まで買っておいたのに仕事が忙しかったでは言い訳にならない。朝顔の種を蒔いて水をやり、花が咲き、散るのを見届ける。人生にとってこれほど重要な生活の彩りを忘れるくらい余裕をなくし、心を失っていたなんて、生きる喜びを放棄したと言われても仕方がない。

そんなわけで、当分のところは嫌な出来事が続きそうである。

当然、朝顔の和歌から学んだことは、日々の生活を大切にして、美しいものに触れる、といった単純な（しかし大切な）ことだけではない。やはり、どうしても忘れられなかったのが、朝顔を見て「恋心が表情に出てしまっている花」と感じた、作者不詳さんの想像力の凄まじさである。その感覚が、現代の僕に伝わることにも驚いた。

これは面白い。花から、なんらかの心象風景を想像することが、こんなにも裾野の広い営みだったとは。たしかに、「花曇り」という日本語があるが、「花」をつけただけで桜が咲く季節の、薄雲のなんとも言えない気怠い感覚が伝わってくる。もしかして、「あなたは、まるで朝顔の花のようですね」と言ったら、「恋心が顔に出ていますよ」という意味になって、なんかカッコいい感じになるのではないか。花って、なんてすごいのだろう。

愚鈍な性格にもかかわらず理屈っぽく、無駄な部分にだけ勤勉な僕は、いつもならここで『万葉集』や別の和歌集をひもといて、「花」に心象風景を表現した作品はほかにないか、と探すところである。

しかし、これに限っては、過去の文献を探すのはやめた。もちろん、過去を知ることは大切である。過去を知らなければ、なにが新しいかを判断できないという事実もある。だが、過去の人ができたことなのだから、僕にもできるのではないか、とも思う。

人、物、花から想像力を膨らませて、心象風景を描き出す。僕に足りないのは、そういった風情をとらえる感覚を鍛えることなのではないか。過去の和歌に触れるのは、その後でも間に合う。

というのも、花とは違うが、過去に同じような体験をしたことがあるからだ。

大学を卒業して入った会社の上司と反りがあわなかった。決して悪い人物ではなかったものの、典型的な体育会系で集団主義。僕がノルマを達成できても、「他の人がまだ達成できていない」という理由で、繁忙期の週末に休みを取らせてくれなかった。その日は僕が大好きで楽しみにしていたバンドのライブがあったのである。

当日、関東地方は台風の影響で荒れていた。意味のない出社をさせられ疲弊して帰る途中、信号待ちをしながら放心状態に陥っていた。見通しがよい、直線の二車線道路。信号待ちといっても、一台もクルマが走っていない。にもかかわらず、雨の中、ただじっと佇む自分に「いかにも規律を守る日本人らしいな」と苦笑いしていた。まさに、そんな時である。強風でなにかが飛んでくるのが見えたのだ。その「なにか」は足元の水たまりに落ち、泥だらけになって、また強風に吹かれて転がっていった。ブラジャーだった。まぎれもなくブラジャーだった。誰かが干していた洗濯物が、飛ばされてきたのだろうか。徐々に視界から遠ざかり、小さくなっていく泥だらけのブラジャー。僕はその瞬間、会社を一年で辞めることを固く決心したのであった。

なにを言っているのだと思うかもしれないが、そのとき、僕はたしかにその情景に

「退職」という心象風景を見出したのである。当時は気づかなかったものの、『万葉集』にある、あの朝顔の和歌を知った後の僕なら、そのことをはっきりと意識することができる。

とはいえ、ブラジャーはそう頻繁に飛んでこない。ここはひとつ昔の人に倣って、身近な花で想像力を鍛えてみようじゃないか。そう思った日から、花をじっくり見るようになった。

金木犀の花の香りがするとたまらない気持ちになるなあ、と思ったりもしたけど、これはフジファブリックの志村正彦さんの歌（「赤黄色の金木犀」）を聴いてからそう思うようになったのであって、オリジナルの想像力ではなかった。あるときは、タンポポの花をじっと見つめてみた。黄色い。いずれ白い綿毛になって生命をつなぐ。春の訪れを伝えてくれる素朴で可憐な花。

タンポポを見ると、僕にはカフェインの入っていない炭酸の栄養ドリンクを飲んでいる情景が思い浮かぶのだが、これにはきっと誰も共感しないだろうから、想像力が足りない。

ただ自分で思うだけでは駄目なのだ。一千年後の人にも伝わる心象風景を掴み取らなければならない。

ところが、それが簡単にいかなかった。いくら頭で考えて表現を引っ張り出そうとしても、その花の咲く、その季節の実体験と結びついていなければ、ただのひとりの妄想である。その実体験が多くの人の実体験と結びついていて、その人々にも同じような心象風景を呼び起こさせるような表現を掴みたい。たとえそう感じない人がいたとしても、その花と辛抱強く向き合うことにより、なるほどたしかにそうかもしれないと思わせる普遍性がなければならない。

難しい。万葉の想像力と張り合うほど、僕が花に触れた経験を積み重ねていないのが原因だろうか。ならば、いっそ別のもので……とも思ったが、花で得た衝撃は、花で乗り越えたい。向日葵ならばどうだろう。駄目だ、太陽しか思い浮かばない。これではさすがにありきたりだ。そんなことを思ううちに、もう何年も経ってしまった。

結局、僕には、花と向き合うほどの想像力と風流さがないのかもしれない。夏といえば朝顔、という大切な習慣まで忘れるほど心を失っていた始末だったのだから。しかし、この挑戦はまだ終わってはいない。いつか自分もその器になるんだ、と心の中では静かに燃えている。今でも道端に咲く花を、他人から見ると不自然なほどに凝視して想像力を鍛えている。

ちなみに、以下は漫画家、オノ・ナツメの作品『ふたがしら』（小学館）に引用された『万葉集』の和歌である。一説では、壱師《いちし》とは彼岸花のことだという。『ふたがしら』の主人公たちが立ち上げた盗賊一味の名前も「壱師」であり、物語の重要な場面で柿本人麻呂による以下の和歌が引用される。

路《みち》の辺の壱師の花のいちしろく人皆知りぬ我が恋妻を

歌意：路のほとりの壱師の花のようにはっきりと人はみんな知ってしまった。私の恋しい妻を。

昔の人の想像力とは、なんてすごいのだろうか。何年経っても、超えられる気がまったくしない。道のりは長いが、まずは毎年忘れずきちんと朝顔の種を蒔き、育てることからやり直すしかないようだ。僕に書けるのは、今のところこの程度の文章なのである。

＊引用、参考文献

『万葉集　全訳注原文付』（中西進、講談社文庫）第二、第三巻（掲載順）

補足：『万葉集』の朝顔は桔梗であるという説があり、宮城環境保全研究所のホームページによると、「今でいうアサガオは、平安中期に中国から伝わった外来種で、万葉時代には存在しなかった筈だ」とされている。一方、2015年7月31日付の読売新聞（東京夕刊）によると、「変化朝顔研究会」副会長の伊藤重和氏が、「朝顔は奈良時代に薬草として日本に持ち込まれたとされています」としており、『万葉集』が成立した奈良時代末期にはすでに伝来していたとも考えられる。

不快だけど大切なことを教えてくれた作品

父方の祖父は、たいそうな大酒飲みだった。教員を退職してからは赤玉ポートワインを朝から飲み、まだ未成年の僕に勧めようとして、両親から怒られていた。そんな祖父が八〇代後半と、おそらく親族の男性のなかでは一番長生きしたのだから、人生はわからない。亡くなる前日も雪が降るなか自転車をこぎ、スーパーまで酒を買いに行っていたらしい。

祖父の日課は赤玉ポートワインを飲みながら、朝からロシア語の詩を暗誦することだった。誰もロシア語をわからなかったので、誰のなんという詩だったのか、本当に発音が正しかったのか、今となっては確かめようがない。それが終わると、短波ラジオをつけて酔っ払いながら株の取引をしていた。

身長が一八〇センチ以上もあるのに体重が五〇キロ台で、肌は真っ白。外に出る際には大きなサングラスをかけていた。この異様な風体の祖父に畏怖の念を抱いていたが、僕を見て「ワシの生き写しじゃ」と言われるたびに、子どもながらに不安を覚えたものだ。

祖父はまた、読書家でもあった。書斎には古い本がたくさん置いてあった。僕が大学生の頃、次第に入退院を繰り返すようになった祖父に、「今まで読んだなかで、一番すごかった作品はなに?」と聞いてみたことがある。すると祖父は、「カラマーゾフの兄弟」と答え、「でも、ロシア文学は暗くなるから読んでは駄目だ」と続けた。しかし、すでにそのときには、ドストエフスキーの『カラマーゾフの兄弟』を僕は読んでいた。祖父は若い頃、地方紙かなにかに小説を投稿していた。何度落選しても送ってくる執念にまいったのだろう、担当者から電話がかかってきて、「君の小説は暗すぎていけない」と助言されたらしい。ちなみに、祖父の名は陽太郎である。

僕が衝撃を受けた小説に、同じくロシア文学の『イワン・イリッチの死』がある。『戦争と平和』『アンナ・カレーニナ』などの代表作を遺した文豪、トルストイの作品だ。僕は、この小説を読んで、「人生って、なんて最低なんだ」と強い絶望感に打ちひしがれた。

イワン・イリッチは、いわゆる英雄的な人物ではない。最終的には中央裁判所判事まで昇りつめたものの、どこにでもいる一官吏である。父親も同じく官吏であり、その次男だったイワン・イリッチは、一家中で一番の秀才として育った。かといって堅物というわけでもなく社交家で、若い頃には情欲にも虚栄にもそれなりに没頭したが、基本的には「気持ちいい生活」と「職業上の規範」を人生に求めた平凡な人物に過ぎなかった。

題名が示すとおり、この物語でイワン・イリッチは死ぬ。その死に方がなんとも衝撃的、というかまったくと言っていいほど衝撃的な部分がなくて、僕は衝撃を受けたのである。

イワン・イリッチは、ある時期から家庭上のトラブル、主に妻との不和と、職業上の権力争いの問題に悩まされるようになる。彼が人生に求めていたものが、脅かされはじめたのだ。妻との言い争いは絶えず、妻は赴任先についての不満などを夫にぶつけた。なんとか職業上の問題を解決して晴れて栄転が決まってからは、妻との仲も新婚当時のような親愛を取り戻し、イワン・イリッチは後から引っ越してくる家族を残して転任先の住居に移る。その住居は、夫婦が理想としていた生活を送るのに、ぴったりと符合するものだった。

イワン・イリッチは家族をよろこばせようと、住居をより快適にするために駆け回る。居間や書斎、応接室、子どもの勉強部屋を理想に近づけるべく、掘り出し物の家具を見つけてきて綺麗に配置した。テーブルを置き換えたり、窓掛の上に置く蛇腹を選ぶのに苦慮したり、細部までこだわった。

しかし、その職人の仕事がどうも気に食わない。壁紙職人を呼び、壁紙も貼り替えたのだ。家族が引っ越してくる前に、理想の住居に整えたいと常に夢想していたイワン・イリッチは、自らハシゴを上って職人に壁紙の貼り方を教え示した。そのとき、ふと足を踏み外し、ほんのちょっとだけ窓の取っ手に横腹を打ちつけたのである。結果的に、このささいな事故によって、イワン・イリッチは原因不明の病と猛烈な痛みに長い間苦しめられながら死んだのだった。

ただ、これだけの物語である。イワン・イリッチの人生とは、なんと無意味なものだったのだろうか。僕は、その無意味さに衝撃を受け、読んだあとに不快な気持ちになった。思わず本を壁に投げつけそうになった。

病が進むにつれ、イワン・イリッチは次第に気難しい人物になっていく。妻を憎み、医者を憎み、自分が作り上げた理想の部屋を乱す娘とその友人たちを憎んだ。そのうち周囲の人々の関心は、激しい痛みに苦しみ続けるイワン・イリッチの存在から、いつ自分が解放されるのか、イワン・イリッチが死んだあと、後任のポストに誰が就くのかに移っていく。イワン・イリッチは、イワン・イリッチ個人としてではなく、「病人」の枠にはめられ、人々から接されるようになる。彼自身もそのことに敏感に気づいて死を悟る。イワン・イリッチは、自分の人生のどこに瑕疵《かし》があったのか、なぜ自分が死ななければならないのか、理不尽な痛みに苦しめられながら問い続ける。

そして、苦しみの末、臨終の瞬間に見出したのは、「もう死はおしまいだ」「もう死はなくなったのだ」という安らぎだった。

僕が、『イワン・イリッチの死』を読んだ理由は、世界的な文豪の作品に触れようといった崇高な動機からなどではなく、ただ単にちょっと頭がよくなりたい（というか、頭がよいと人から見られたい）という不純なものだった。頭をよくするなら、やっぱり岩波文庫の海外文学だろうと勇んで書店に入ったものの、分厚い作品を読むのは面倒くさい。その点、『イワン・イリッチの死』は、たった一〇二ページで終わる作品だから読みやすそう。

そんな気軽な思いで手に取った本が、まさか人生で最も記憶に残る作品のひとつになろうとは。文学とは、恐ろしいものである。陽太郎じいさんの助言を、もっと早く聞いておけばよかった。

こんなことを思い出した。中学生の時だっただろうか、高熱によって脱水症状を起こし、救急搬送されたことがある。その時期はインフルエンザが猛威をふるっていたこともあったのだろう、救急を受け入れてくれる病院がなかなか見つからず、やっと決まった搬送先の病院は、次々と運ばれてくる患者の対応で混乱していた。

僕はベッドに寝かされて応急処置を受けていた。意識がまだ朦朧としている。そんななか、近くのベッドに男性が運ばれてきた。カーテンで遮られているので詳しくはわからないけど、おそらく三〇～四〇代。聞こえてくる話から判断するに、交通事故にあったらしい。男性は痛みで呻き声をあげて、「家族に連絡を」と必死に訴えている。

先に言っておくが、そこにいた医療従事者が悪いわけではない。きっと、男性が考えていたより、症状は軽いものだったのだろう。「救急車で運ばれる」という多くの人にとっては非日常的な状況も、医療従事者からすると、日常の風景である。

僕は、生死をかけた男性の訴えと、冷静かつ事務的に応える医療従事者の対応とのギャップに、少なからずショックを受けた。人生の虚しさを、そこから感じ取ってしまったのだ。

僕が、『イワン・イリッチの死』から学んだのは主に、「自分の心や体の痛みは人にはわからないし、人の痛みも自分にはわからない」「人は、映画や漫画で描かれているような劇的な最期を迎えたりはしない」という二点である。

そういう意味では、人生は本当に無意味なものなのかもしれない。『イワン・イリッチの死』は、イワン・イリッチの死が伝わって葬式が行われるシーンから始まり、そこがまた虚無感をより強く覚えさせる文豪の筆致の凄まじさなのだが、イワン・イリッチの学生時代からの親友は、葬式が終わった後に、その場に居合わせた友人から誘われていたカードゲームの会場に向かう。一方、その友人はというと、お祈りの時間がはじまる前に、さっさと式を後にしていたのであった。あまりに淡々と素っ気なく、そのシーンが描写されている。

そこにあるのは、「死んだのはおれではなくてあの男だ」という素朴な安堵だった。僕には、彼らのその思いを責めたり、否定したりすることはできない。誰だって、そうなのではないか。そういった身も蓋もない現実をトルストイは書き、今の時代も読み継がれている。

ロシア文学は暗くなるから読んでは駄目――。それは孫を思って心の底から出た助言だったのだろう。でも、僕は『イワン・イリッチの死』を読んでよかったと、今では思っている。この文章を書くために、もう一度読み直したけど、やっぱり不快な気持ちがふつふつと湧いてきた。しかし、不快なものを排除し、心地よいものばかりを受け入れる人生に、快／不快だけで作品の価値を判断する人生に、どんな意味があるのだろうか、とも思う。なぜなら、現実の世界はそのように都合よくはできていないからだ。

現実はあけすけで、偶然に左右され、ときには不快な側面が眼前に現れる。なるべくなら楽しいだけの人生を歩みたいとは思うけど、そんなふうに世界や人間はできていない。イワン・イリッチは気持ちのいい、快適な人生を追い求めた末に、そのことに気がついた。僕は、『イワン・イリッチの死』を読むことで、そのことに思いを馳せることができた。

芸術作品に効能を求めるべきかどうかは迷うけれども、不快によって得られるものも確かにある。そして、ときにそれが快適なものより、深い洞察を与えてくれることもあるのだ。

*引用、参考文献
トルストイ『イワン・イリッチの死』(米川正夫訳、岩波文庫)

私はそうは思いません

熊に襲われて亡くなった人のニュースに触れるたび、なんとも言えない恐怖感を覚える。熊はときに人を襲う獰猛《どうもう》さを見せることがある。そういった自然の脅威は、人類が誕生して以来、いまだに僕たちの周りに存在している。しかし、現代の日本では、熊に襲われて亡くなる人は滅多にいないだろう、と思う。

あるとき、気になって、日本でどのくらい熊に襲われて亡くなる人がいるのか調べてみた。環境省のホームページに、そのデータは載っていた。二〇〇八年度にクマ類による人身被害にあった人は、全国で五九人、そのうち3人が亡くなった。以降、二〇一八年まで最も多く亡くなったのは、二〇一〇年度、二〇一六年度のそれぞれ四人。感覚的には、思っていたよりもさらに少ない気がする。

一方で蜂に刺されて亡くなる人は、年間で二桁を超えている。二〇一五年には、二三人が命を落としている。なんとなく熊に襲われて亡くなった人のニュースのほうが記憶に残っているのは、熊という巨大な動物が持つ迫力に衝撃を受けるからだろうか。

しかし、僕がこの手の統計を前にしていつも考えてしまうのは、それが僕の身に起こるか/起こらないか、という二択の解である。

なにかのリスクを論じるとき、「交通事故のほうが確率が高い」という物言いをよく聞く。だが、ひとりの人間にとってしてみれば、確率なんかよりも、起こるか/起こらないか、ということこそが重要な問題だ。というか、それ以上に重要な問題など、個人の人生には存在しない。「これだから文系は駄目なんだ」と言われてしまうだろうが、そういう意味でひとりの人間にとって、常に確率は二分の一だとも言える。

もちろん、事実はそうではない。しかし、人間には世界の複雑さをすべて受け入れて、理解することはできない。少なくとも、僕には無理である。そのことを強く再認識したのは、二〇一九年末から世界的に感染が拡大した新型コロナウイルス(COVID-19)により、瞬く間に日常が変容していった状況に直面した際だった。

「コロナ以後」をいつに設定するかは、それぞれ感覚の違いがあると思う。中国での流行が伝えられた時点か、全国で緊急事態宣言が発令された時点か。僕自身の「コロナ以後」がいつからはじまったのかは、いくら考えても曖昧なまま特定できない。いつの間にか気づかぬ間に日常が侵食され、「コロナ以後」が現れた感覚がある。

とはいえ僕は自分の体が弱いという自覚があり、それに加えて二〇〇九～二〇一〇年に流行した新型インフルエンザに罹患したという苦い記憶もあるので、かなり早い段階から対策していたと思う。仕事以外での不要不急な外出はできるだけ避け、報道もこまめにチェックするようにしていた。

さらに、僕が早めに警戒していたのには訳がある。再婚した妻が妊娠して、二〇二〇年の五月中旬に出産を予定していたからだ。

幸いなことに、妊娠がわかった時点で大阪での里帰り出産を予定し、病院も決めていた（妻は大阪出身、僕は東京出身）。僕たち夫婦にとってははじめての子どもであり、喜びにわき、お互い末っ子気質で頼りないところはありながらも二人で支え合って、新しい命を迎えるために成長しようと努力していた。

しかし、「コロナ以後」は状況が一変した。それがいつのことだったかは前述の通り特定できないし、危機感は早めに持っていたものの「徐々に少しずつ」だったことを、反省を込めてここで記しておきたい。当初は三月頃に妻が実家に里帰りして、僕も同じタイミングで愛犬と一緒に妻の実家に行き、取材やラジオ、イベント出演など東京にいる必要がある仕事以外は、リモートでこなそうと考えていた。たまたま仕事的にも、それが可能な時期だった。

クラスター、エアロゾル、オーバーシュート、アウトブレイク……。私大文系の僕と芸術系の大学院を卒業した妻には聞き慣れない横文字が、どんどん増えていった。東日本大震災、原子力発電所の事故直後と似たような混乱が頭の中で続いていた。でも、それはあのときとは少し違うとも感じていた。

今思えば、もっと早く判断できたはずである。でも、「もしかしたら、もう少し待てば状況は好転するかも」「流行はこれ以上、広がらずに収まるかも」という気持ちがどこかにあった。妻は妻で、二月の時点までは、三月に開催されるコンサート（チケットは入手困難だそうだ）への未練がまだ残っていた。

しかし、イベントの自粛がどんどん発表されていった。妻が参加する予定だったコンサートもその規模を考えると、開催するのは難しい状況だった。また、たとえ開催されたとしても感染リスクの高い場所に行くべきではないと妻と僕は考えるようになり、最終的にはそのコンサートの参加を、妻は諦めることになった。結局、後日、主催者から中止が発表され、返金手続きがなされることになった。

報道をチェックしても、事態がすぐに好転しないことは明らかだった。むしろ待てば待つほど、状況が悪化することは目に見えていた。これ以上、判断を遅らすことはできなかった。海外での都市封鎖が伝えられるなか、仕事がある僕は愛犬と東京に残ることを決意し、東京都内での深刻な感染拡大が明らかになる前、外出自粛要請が出される前のタイミングで、妻はひとりで里帰りした。

この判断が正しかったのかどうかはわからない。妻も僕も早くから自粛していたため、感染している可能性はほぼないと自分たちでは判断していたものの、実際はどうだったのか。だが、その時点ではベストな選択だと思えた。

新型コロナウイルスの厄介な部分のひとつに、「もし自分が移してしまったら」「『加害者』になってしまったら」と思うと、恐怖で身動きが取れなくなる、ということがある。無症状者が多いというのも、その恐怖に拍車をかける。

僕は、専門家が示した感染拡大の予想グラフを見つめた。なにも対策を打たなかった場合の最悪ケースと、感染を押さえ込むことができた場合のグラフが目の前にあった。しかし、何度それを見ても、どうしても僕の日常的な感覚では、身体的に落とし込むことができない。自分がそのグラフのどこに存在していて、自分の行動がそのグラフにどのように影響を及ぼすのか、もしくは及ぼさないのか。いくら睨めっこしても実感が摑めなかった。

いったい、僕は妻といつ合流すればいいのだろうか。

大阪にいる臨月の妻に会いたい。産まれてきた子どもを一秒でも早く見たい。しかし、「もし、万が一……」と考えると、身動きが取れなくなる。緊急事態宣言下では、そもそも出産の立会いも入院中の面会も禁止されていた。世間では不要不急の外出自粛が叫ばれていた。「万が一」がどれくらいの可能性なのか。起こるか／起こらないかで考えれば二分の一だが、実際にはもっと確率は低いのかもしれない。

自宅の窓から閑散とした東京の街を眺めながら、ふとこんなことが頭をよぎる。昼寝している愛犬をハウスに入れて山手通りでタクシーを拾い、新幹線で品川から新大阪へ……。

事態は刻一刻と変化している。思っていたより深刻ではないかもしれない。いや、やっぱり深刻なのかも。そんな気持ちに翻弄されながら日々を過ごしていた。窓の外には、「以前」と「以後」の境界線が風景のなかに曖昧に溶け込みはじめた東京が見える。今、タクシーを拾えば、夕方前には大阪に着く。なぜそれができないのか。

僕は怠惰で、弱く、愚かな人間だけれども、節目節目では、なるべく「自分の頭で考えた判断」をするように心がけていた。しかし、この時はどうも勝手が違った。少なくとも「緊急事態宣言」が解かれるまでは、大阪に行くべきではないと思っていた。専門家や政治家が決めた判断を厳守することに決めていた。

緊急事態宣言が解かれた後も、公に発信された情報を注視して、最終的には社会や世間の基準に従うつもりだった。もちろん、それ自体が「自分の頭で考えた判断」でもあるのだが、自分の頭の中で「別の力学」が働いているということに、僕は気がついていた。

ひとつには、僕が疫学的な知識や政治的、経済的な判断の複雑さを目の当たりにして、眩暈《めまい》を起こしてしまっていた、ということだ。とくに疫学的な知識には馴染みが薄く、何度も頭を悩ませた。僕は、またあのグラフを思い出す。ある地点を境に、突然、指数関数的に感染者数が増加する、あの最悪のケースの線グラフを。ニューヨークを恐怖に陥れた、急激な上昇を見せるあの曲線を。

だから、ある種の諦めというか、思考停止に陥ってしまうことがたびたびあった。誰かに決めてほしい。「君の状況の場合はこうだよ」と断定的に判断をくだしてほしい。しかし、そんなことをしてくれる人はどこにもいなかった。だから、とりあえずは広く共有されている基準を厳守するという結論に至るしかなかったのである。

もうひとつは、万が一なにかあった場合の責任の所在について。責任という言葉には少し語弊があるかもしれない。つまり、僕の視点で言えばこういうことになる。大阪にいる妻と会う、産まれてくる子どもと会う、そのためにこういうタイミングでこういう行動をとる。しかし、そう決めて実行した結果、自らの感染や感染拡大などの事態を引き起こしてしまったら、僕はおそらく一生後悔することになるだろう。そのときに、公の指針に従っていたのか、いなかったのかで、少なくとも僕の心のうちは違ったものになるはずだ。もし前者だったら、「最善は尽くしたのだから、致し方ないことだった」と、ちょっとでも思えるかもしれない。

こうした「自分の頭で考えた判断」とは「別の力学」が脳内で働いていることを、僕は知っていた。それをある種の思考停止であり、責任の放棄だと考えることもできるし、まっとうな危機管理意識だと考えることもできる。

問い合わせが殺到していると報道で知っていたため、申し訳ないと思いながらも、感染や受診の相談ではなく、「一般的な相談」を受け付ける窓口を調べて、一度だけ電話をしてみた。しばらくは通じなかったが、電話をそのままにしておくと、そんなに長い時間は待たずにつながった。女性が丁寧に対応してくれた。

僕たち夫婦の状況を細かく伝えた。しかし、僕はわかっていた。明確な答えなんて出ないことを。それでも僕は聞かずにはいられなかった。出産を予定している妻と会うこと、産まれてくる子どもに父親がすぐに会いたいと思うこと、せめて一目でも肉眼で見たいと思うことは、果たして「不要不急」なのか。

電話口は、沈黙に支配された。他の対応に追われる事務所の喧騒だけが、スマートフォンを通して聞こえてきた。女性は、少し躊躇してから小さな声で、「私はそうは思いません」と短く言った。そしてその後、「外出自粛はあくまで、皆さまへのお願いです」と何度も何度も繰り返した。「大阪に行っても大丈夫」とは言わなかった。

もちろん、女性が悪いわけではない。いや、僕が女性の立場であったとしても、「私はそうは思いません」と踏み込んだ発言までできたかどうか。なぜならコロナ以後、社会にはある程度、多様な個人を単純化することによって成り立っている側面があるという事実に気づかされたからだ。

離婚して、アルコール依存症になって、今の妻と一緒に乗り越えて再婚し、いろいろな苦境を経験しながらも待ちに待ち望んで、はじめて子どもを授かった。年齢的には高齢出産だった。

しかし、「それは大変でしたね。そんなに苦労なさったのですから、ぜひ一目だけでも会いに行ってください。外出自粛はあくまでお願いですから」なんて言ってくれる人、少なくとも公的なお墨付きをくれる人なんてどこにもいない。各々の都合にすべて対応するのは、不可能である。僕にとっては切実な、唯一無二の感情でも他人には関係ないし、もっと苦労している人だっている。そして、新型コロナウイルスにとっては、そんな都合などもともと関係がない。

だが、僕は今までの人生を、実存を、どうしようもなく背負ってしまっているひとりの人間である。電話口の女性にも他者とは交換不可能な人生がある。誰もが、のっぴきならない自分と付き合って生きている。

「外出自粛はあくまで、皆さまへのお願いです」という「社会の言葉」と、「私はそうは思いません」という「個人の言葉」。二つの接点を見つけることは、僕にはあの時点ではできなかったし、女性自身もふたつの言葉に引き裂かれてしまった思いに苦しんでいたのではないか。どちらもひとりの人間から出た、真実の言葉であるはずなのに、そこには絶望的なまでの「距離」が生じていた。

社会の言葉と、個人の言葉。僕の中にコロナ以後、ずっと同じ矛盾が存在し、いまだに接合することができずにいる。しかしあのとき、女性が個人の言葉を発してくれたおかげで、僕がどれだけ救われたことか。

どんなことであれ、「返答」には責任が生じてしまうことを、僕は知っている。ただし、返答する責任は、常に負わなければいけない義務のようなものではない。「条件付き責任」としてしか存在せず、誰もが、いかなるとき、いかなる相手に対しても、全方位的に返答をしなければいけないなんてことはあり得ない。少なくとも彼女は僕に対して、一定の範囲内でしか返答する責任がなかったはずだ。

僕と女性の人生は「社会」の中で一瞬だけ交差したに過ぎない、普段はそれぞれの人生を歩んでいるただの偶然的な関係性である。にもかかわらず、おそらく年配であろうあの女性は、僕の質問に対して、子どもが孫を出産するときのような気持ちで応えてくれた。「個人」を複雑な「社会」に晒し、言葉を発してくれた。女性のたった一言で、僕はあのとき、確かに救われたのだった。

二〇二〇年五月二〇日、大阪府の緊急事態宣言が解除される前日に、息子は産まれた。やや難産だったが、母子ともに健康である。だが、妻に感謝の気持ちを直接会って伝え、産まれてきた息子を抱きしめるためには、もう少し時間が必要だった。

父親になった二〇二〇年、三八歳の僕は世界の複雑さを前に眩暈を起こすことしかできなかった。誰かに決めてほしかった。世界を単純化してほしかった。「個人」を捨ててでも、単純化して運用されている「社会」に乗っかりたかった。誰かの救いの言葉に、すがりつきたくて仕方なかった。そのことを、いつか息子に伝えたいと思う。

35歳問題

二〇一七年一〇月一六日、父がこの世を去った。七一歳だった。もともと体が強くなかった父だっただけに、家族としてはなんとも判断がつきにくいものの、「人生一〇〇年時代」なんて盛んに叫ばれている昨今の状況からすると、やはり早いお別れだったのだと思う。父が亡くなったとき、僕は三五歳と七か月だった。この文章を書いている時点での僕は、三五歳と一〇か月である。

学生運動に没頭し、何度か留年した後に苦労して就職した父は、昔の人にしてはやや遅れて母と結婚した。僕は、父が三六歳のときに産まれた子どもだ。つまり、父が僕を授かった年齢と、父が亡くなったときの僕の年齢とは、ほぼ一緒なのである。思えば奇妙な偶然だ。僕の視点からしてみると、父はまるで僕にバトンタッチをするかのように、亡くなっていった感覚がある。父が三六歳のときに僕が産まれ、僕がその時の父と同じ年齢になる直前で父は旅立っていった。しかも、それと同じタイミングで、僕は二度目の結婚をした。否が応でも重ね合わせて考えてしまう。

仮に僕が父の年齢まで生きるとしたら、ちょうど人生の半分を終えたことになる。父が僕の「父」となった同じ年月を、これから歩んでいくのだ。もちろん、もっと長く生きるかもしれないし、もしかしたらもっと短い人生かもしれない。それは誰にもわからない。三五歳という年齢と、父が亡くなった年齢を対照させて意味を見出そうとする態度には、感傷的すぎるきらいがあるかもしれない。しかし、僕にはどうしてもただの偶然だとは思えないのである。

「35歳問題」という言葉がある。この言葉が使われるきっかけとなったのは、村上春樹の「プールサイド」という短編小説だ。この短編で主人公の男は自分が三五歳になったとき、人生の折り返し点を曲がってしまったことを確認した、と語り始める。「決心」という言葉にも言い換えられている。いずれにしても、元水泳選手だった彼は、三五歳という年齢が、レースにたとえると、思いっ切り壁を蹴ってターンするタイミングであることを悟ったのだ。

東浩紀は、小説『クォンタム・ファミリーズ』（新潮社）のなかで、この「35歳問題」に言及している。人生には、なしとげたことと、これからなしとげられるであろうこと、そして、決してなしとげなかったが、しかしなしとげられる《かもしれなかった》こと、という三つの要素がある。そして、前者ふたつと後者ひとつのバランスが逆転するのが、三五歳あたりだというのだ。つまり三五歳以降の人生は、決してなしとげなかったが、しかしなしとげられる《かもしれなかった》という仮定法過去の亡霊を背負い、一緒に生きていくことになる。

父は亡くなる数年前から、入退院を繰り返していた。八〇キロ以上あった体重はみるみる減り、肌の色も悪くなっていった。しかし、頭は冴えていて、よく本を読んでいた。ところが最後の入院の時には、もう本を読む気力もなくなっていたようだ。僕が編集した本を渡しても、病室の窓側に飾り、その表紙を眺めるばかりだった。

誰もがそうなのだろうが、僕も父の死に目に関して後悔が残っている。忙しいことを理由に見舞いに行ってもそこそこにきりあげて帰ってしまっていた。人並みに仕事することが父への恩返しだと思って自分を納得させていたものの、本当にそれが正しかったのか自信が持てない。決してなしとげなかったが、しかしなしとげられる《かもしれなかった》ことが父にとってなんだったのか。仮定法過去の話を、父は僕に一度もしたことがなかった。僕を授かってからの三五年間、父はどんな思いで生きていたのか。そして、それまでの三六年間は、どんな若者だったのか。

吉田健一は随筆「余生の文学」のなかで、若さゆえの苦悶を、自分になにができるかわからない状態にもかかわらず、それでもなにかやってみたいと思うことにある、としている。一方、歳を取るということは、自分の限界がはっきりすることであって、そのぶんなにかするにあたり、狙いが定めやすくなる、というのだ。若い頃は、なにができるか自分にもわからないまま、とにかくなにかやってみたいという思いを成就させるしかない。若さ特有のぎこちなさは、そうした限定されないがゆえの焦燥からくるものなのだという。

つまり、決してなしとげなかったが、しかしなしとげられる《かもしれなかった》仮定法過去の亡霊に囚われる必要はない、ということだ。なしとげられなかったことが多くなってきたがために、逆説的に人生の照準が合わせやすくなる。それを自分の限界と考えるのは、吉田的には悪いことではない。むしろ、もしかしたらこれからなしとげられる《かもしれない》といった不確かな未来の仮定からくる若さゆえの居心地の悪さによって、人は身動きが取れなくなる。だから、過去を足がかりにして現在を歩むのが大人なのだ、と。

僕の知っている父は、「家庭人」であった。しかし、もちろんそれが父のすべてではない。おそらく、吉田の言う若さゆえの苦悶やぎこちなさも、かつては持っていた。そして、僕が産まれた頃に、きっと父も「35歳問題」に直面したはずなのだ。だが、父に話を聞くことはもうできない。

最後に一度だけ、一日かけて父の看病をした。その時にはすでに意識が混濁していて、僕の言っていることが伝わっているのかわからない状態だった。しかし、僕はなにかを直感するように、仕事がなんとか軌道に乗っていること、アルコールをやめ続けていること、二度目の結婚をこれからするが（父の意識があるうちに今の妻を紹介することができた）、今度はなんの心配もいらないことを、何度も父の耳元で話した。父はただ真っ直ぐ僕の目を見つめていた。

父は背中を痛がり、そのたびに体勢を変えてあげた。いつも看病している母なら上手にするが、僕は勝手がわからず、なかなか父の苦痛をとることができなかった。「ごめんね、役に立たないで」と小さい声で呟く僕に、それまでほとんど反応しなかった父が、大きく首を横に振った。結局、それが父と明確にコミュニケーションが取れた最後となってしまった。数日後、父は家族に看取られながらこの世を去った。

父が亡くなった瞬間、三五歳の僕は「子ども」ではなくなった。もちろん、母は存命だが、「父親」を失うことの意味は、長男の僕にとって思ったよりもずっと大きい出来事だった。しかし、だからと言って「大人」になったという実感はまだない。

とはいえ、父が亡くなってから、僕にも小さな変化が起きた。ふとした瞬間、父を思い出すことがあり、数分間じっと一点を見つめて考え込むことが増えたのである。仮に、三六歳で子どもができたら、同い歳で僕を授かった父の気持ちが少しは理解できるだろうか。そんな妄想もするようになった。

行き場のない思いをどう処理したらいいか持て余していたとき、実家から借りてきた父の写真に手を合わせてみることを、ふと思い立った。幼い僕を抱いている父が若い頃の写真だ。手を合わせると、不思議と気持ちが落ち着く気がした。自分のなかに起きた小さな変化に、僕は少し戸惑った。それまで個人的には、宗教とは無縁の人生を送っていた。なんの根拠もないが、一生無縁なのではないかと勝手に信じ込んでいた。だからこその戸惑いだ。

そもそも、僕のやっていることが、「宗教」と呼ばれるものなのかもわからない。ただ単に写真に手を合わせているだけであり、そこに信仰はない。手を合わせる形式が仏教式なのか、キリスト教の祈りのポーズなのかも決めておらず、その時々によって変わるくらいだ。しかし、少なくともその行為は僕を仮定法過去の呪縛から解き放ち、「現在」をしっかり生きる足がかりを摑もうとさせるものだと感じる。

父の人生における《かもしれなかった》ことは、僕につながっているのだと、写真に手を合わせるたびに自然と思えてくる。それは、僕を縛り付けるものでは決してなく、むしろ自由にするための「限定」である。限定と意識することによって、僕が僕であり、僕以外のものではあり得ないという当たり前の感覚を、より正確に持つことができる。父とつながっていることで、僕は自由になれる。

当然、こう考えることは、勝手な思い込みかもしれない。しかし、そうした分厚い過去からの流れの上に自らを置くという感覚は、「大人」になった実感を抱かせるまではいかなくても、僕に確かな変化をもたらした。

父の写真を前にして、僕も三五歳を人生の折り返し点とすることを心に決めたのだ。

こんなことを考える。

ある病院で、僕はベッドの上に横たわっている。上手く喋ることができない。耳は聞こえるものの、それに対して反応する力は、もうすでにほとんど残されていない。

さまざまなことがあった。前半の三五年間と比べると確かに変化は少なかったかもしれないが、そのぶん手応えもあった。父のことを少し思い出す。父は亡くなる前、どのようなことを考えていたのだろうか。同じ歳になっても、本当のことはわからない。

残されていく者たちのことも考える。彼らに、僕はなにか残すことはできたのだろうか。僕は、残されていく者の目をじっと見つめる。ただ真っ直ぐに見つめる。その時、僕はなにを思うのだろう。後悔はあるのか。死の恐怖はあるのか。それとも安らかな気持ちで最期を迎えられているのだろうか。自由のきかない体で、僕は一体なにを思うのだろうか。仮定法過去の総量は、今ピークを迎えている。僕は、どのような気持ちで、決してなしとげなかったが、しかしなしとげられる《かもしれなかった》ことに想いを馳せるのだろう。人生の照準を合わせることを覚えた僕は、今の僕が思っているよりも、死ぬことが怖くなくなっているのかもしれない。それとも今と同じように、いくつになってもじたばたと落ち着きのないままなのだろうか。

僕は、残されていく者の目をじっと見つめる。あのときの父と同じように。目の前には、いつのまにか膨大な量となった仮定法過去の世界が広がっている。僕は、あのときの父の目を忘れることができない。

父が見ていたものを、僕もいつか見る。

＊引用、参考文献
『回転木馬のデッド・ヒート』（村上春樹、講談社文庫）
『わが人生処方』（吉田健一、中公文庫）

わからないことだらけの世界で生きている

愛犬を見ていると不思議な気持ちになる。犬は昔から好きだったけど、自分の家では飼ったことがなく、二〇一九年一月にはじめてノーフォーク・テリアのメスを家族に迎えた。

「家族」という言葉が象徴するように、ペットはただの動物ではない。かけがえのない動物であり、たとえば後から先天的な病気が見つかったとしても、当たり前だがブリーダーに文句を言って返したりはしない。人間の子どものように、いつかは独り立ちしてもらわなければいけないというプレッシャーはないものの、だからこそまた別の責任も生じる。「もう十分に育ててもらったから、野生にかえります」なんてことにはならないのだから。

愛犬（名前はニコル）には、できるだけのことはしてあげたいと思う。日々の散歩やエサ、排泄の処理、しつけはもちろんのこと、毎日、楽しく暮らしてほしいし、いろいろなところにも連れて行ってあげたい。僕が歌いながら踊るとぴょこぴょこ跳ねて喜ぶような気がするし、首の付け根をなでると気持ちよさそうな顔をしている気がする。あまえたいときは、「クゥン」と鳴く気がするので、そのときはなるべくスキンシップを増やしてあげている。

だけど、本当に愛犬がそう思ってくれているのかはわからない。あくまで人間としての視点、人間としての価値観でそう判断しているに過ぎないからだ。犬には犬の思考があって、まったく別のことを感じている可能性もある。飼い主とペットの関係がどのようにすれば適切なものになるのかも、もっと勉強しなければいけない。言葉を喋れないし、人間の身体とも違う感覚を持っているだろうから、体調不良にも気づいてあげる必要がある。

二年近く一緒に過ごしても、愛犬のことをまだほとんどわかっていないのではないか、と日々感じる。感情ゆたかな犬なので、機嫌がいいときと不機嫌なとき、なにかに不満を持っているときがわかりやすい気がするけど、それも僕の勝手な思い込みかもしれない。わからない、だからこそじっと観察して、少しの変化から想像を膨らます。

だが、これはなにもペットに限ったことではないのではないか。人間ならば言葉でコミュニケーションが取れる、いや取れない人だとしても、なんとなく同じ心や身体的な感覚を持っていると、ついつい考えてしまいがちだ。それは、本当だろうか。「人の気持ちを考えろ」とは言うけど、本当に人は人の気持ちを理解できるのだろうか。そして、自分の気持ちも人に理解されるのだろうか。長年考えてもまだ明確な答えを見出せないでいる。

小学生時代、テレビゲームはすでに登場していたとはいえ、遊びといえばやっぱり外で駆け回ることだった。幸いにも、僕が育った東京の郊外にはまだ自然がたくさん残っていて、クワガタやサワガニをつかまえたり、公園や空き地で野球やドッジボールをしたりしてのびのび遊ぶことができた。いつも一〇人以上の集団で、暗くなるまで遊びまわった。

そのなかに、A君という男の子がいた。毎日のように顔を合わせては笑いあう友達だった。その日も、いつものように夕方五時のチャイムが鳴り、「バイバイ！」とみんなで手を振りながら各々が家路についた。そのとき、A君が僕を呼び止めたのである。A君は「ちょっと来て」と言って、近くの路地まですたすたと歩いていった。とくになにも考えず、僕は付いていった。

路地に入ると、A君は僕のほうを振り返った。記憶が曖昧だけど、少し間があったのかもしれない。路地は夕日に照らされ、表情は影になってよく見えなかった。

その瞬間、A君は「僕は君のこと大っ嫌いだ！」と叫んだのである。全身に力を入れてわななき、言葉だけではなくその小柄な身体すべてを使って、気持ちを伝えようとしているようだった。僕が反応する間もなく、A君は全速力でその場を去って行った。

いまだに、あれはなんだったのだろうと思い出すときがある。僕は、友達グループでは目立つ存在ではなく、かといっていじられるようなタイプでもなかった。ただ、みんなに付いていって、ニコニコ笑っているだけ。A君に大っ嫌いだと言われたことのショックより、自分に対してそんなにも強い感情を抱く人がいるという事実に対して、単純に驚いたことを覚えている。なにせ、まだ自我すらたいして芽生えていない子どもだったのだから。そのときは、ただただ衝撃が残って、A君の気持ちや真意を想像することもしなかった。

それからも、A君とは同じ友達グループで遊んでいた。しかし、中学校に入ってバスケットボールに熱中するようになってからは、グループが変わったこともあって、一緒に遊ぶことがなくなった。自然と、A君のことが意識にのぼることも少なくなっていった。

この前、気になって中学校の卒業アルバムを開いてみた。そこに、A君の写真はなかった。もしかしたら、途中で引っ越したのだろうか。あんなことがあったのに、それにすら今まで気づかなかったなんて。

だから、今となってはA君が、なぜ僕にあんなことを言ったのか、僕がA君にどんなひどいことを言ったり、してしまったりしたのか確認するすべがない。A君本人も、もうそんな昔のことは覚えていないかもしれない（個人的には、そう願いたいけれど）。それでもなぜか最近、A君が当時、どういう気持ちでいたのかをずっとひとりで考えている。

思えば、育ててくれた親の気持ちだって、本当のことを言うと、ほとんどわかっていないのではないかと感じる。父が七一歳で亡くなったときのことを思い出す。入退院を繰り返し、いよいよ父の身体が衰え始めたとき、混乱する母や姉を見て、僕はなるべく冷静な判断をするように心がけた。主治医の話を直接じっくり聞き、どのような選択肢があり得るのかを十分考慮したうえで、最終的には専門家の意見を尊重し、素人考えで判断しないように家族を落ち着かせようとした。そして、仕事を頑張り、父が生きているうちになるべく多くよい成果を報告できるよう、目の前のことに集中した。

しかし、と思う。もしかしたら、あのとき、父が僕に取ってほしかった態度は、父の痛みや死への恐怖に寄り添い、慰めることではなかったのか、と。

家族にも言っていないことがある。亡くなる三か月くらい前のことだっただろうか。入院している父から、深夜にショートメールで「助けてくれ」と一言、メッセージが届いたのだ。僕はメッセージを受信したことに気づいていたがすぐには返信せず、一晩おいてから、「お医者さんの言うことをちゃんと聞こうね」と返した。返信はなかった。電話しかしなかった父が僕に送った、最初で最後のメッセージ。父が僕に弱音を吐いたのもはじめてだった。父が亡くなってから二年以上もの間、僕はそのメッセージを開くことも、消すこともできずにいた。偶然、スマートフォンが水没してデータが飛んでしまったとき、どこかほっとしている自分に気がついた。

離婚をし、アルコール依存症になり、会社も辞めてフリーランスで働く僕は、父にたくさんの心配をかけた。でも、父はそのたびに、僕に対して「自分の頭で考えること」の大切さを教え、応援してくれた。だから父に立派な大人としての態度や判断、仕事での成果を見せ、もう心配はいらないんだと伝えることが、僕にできる精一杯の親孝行だと思っていた。

しかし、そんなことよりも、できるだけ時間をつくって、手を握りながら一緒に痛みや恐怖を感じることが、大切だったのではないか。そんな後悔がいまだに残っている。もちろんなにが正解だったかなんてわからない。大人になってからも一緒に野球観戦に行ったり、実家に帰るたびに好きな文学について熱く議論したりと友達のように仲が良かった父のことですら、僕は理解できていなかったのだ。

理性と感情、どっちが大切かなんて、その時々の状況によって違うし、相手によっても違う。それに感情に寄り添ったとしても、本当に「相手の感情」に寄り添っているのかどうかはわからない。それは「自分の感情」かもしれないし、そのことが悪いことなのかどうかも判断しかねる問題だ。

結局のところ、僕には想像することしかできない。どんなに想像を膨らませたところで、それは想像の域を出ず、意味などないのではないかと無力感を覚えることもある。一方で、それが独りよがりの想像だったとしても、その想像が父に伝わっていたならばどんなにうれしいか、と祈りに近い思いを抱いている。僕は父に立派な姿を見せたかった。父も見たいと思っていると想像した。そんな気持ちが少しだけでも伝わっていたならば、どれだけ救われるか。

身体の痛みについても考える。アルコール依存症のため急性膵炎に二度なり、二度とも入院した僕は、よく人から「膵炎って、死ぬほど痛いんでしょ?」と聞かれることがある。しかし、「痛さ」を人に伝えるのは難しい。自分と人の身体が、同じ有機物だと割り切るには、人間は複雑にでき過ぎているからだ。心の痛みと同様に、身体の痛みも相手に対して正確に伝えることはできない。

当然、人の身体の痛みも、自分の中で正確に再現することは不可能なのではないか。想像はできても、理解することはできないであろう。父の病気がどれだけ苦痛で、どれだけ痛みを伴うものだったのかは、父にしかわからない。

生きている限り、無意識に誰かを傷つけてしまうことがある。誰かの痛みをそのまま感じることもできないし、完全に寄り添うこともできない。だからこそ思うのが、相手のことを簡単に「わかった」と思ってはいけない、ということだ。相手のことは理解できないし、自分のことも伝わらない。それでも想像しようとすることをやめたいとは、僕は思わない。

たとえ、想像することをやめない胆力を持ち続けることしかできなかったとしても、そういう姿勢を崩さないでいることしかできなかったとしても、その態度を「伝える」ことはできるかもしれない。最近では、そんなふうに思っている。

3章　弱き者たちのパレード

二瓶さんとの雅な蹴鞠

お酒を浴びるように飲んでいた時代の知り合いに、二瓶さん（仮名）という男性がいる。

僕は元大酒飲みであり、朝から酒を飲んだ挙句、急性膵炎に二度なった。ついでにアルコール依存症と診断され、三〇代半ばで早々にお酒を引退した。二瓶さんは、まだ僕が酒を飲んでいた時に主戦場としていた下北沢の酒場で出会った、四〇代半ばの男性だ。

太宰治の『右大臣実朝』という中編のなかにこんな言葉がある。

平家ハ、アカルイ。(…)アカルサハ、ホロビノ姿デアロウカ。人モ家モ、暗イウチハマダ滅亡セヌ。

太宰文学のなかで、間違いなく名作だと断言できるのが、この『右大臣実朝』である。「実朝」とは源《みなもとの》 実朝《さねとも》のことで、鎌倉幕府の第3代征夷大将軍にして歌集『金槐和歌集』を遺したことでも知られる。建保七(一二一九)年、雪の積もる鶴岡八幡宮で、兄である頼家の子・公暁《くぎょう》に暗殺された、なんとも切ない将軍である。享年二八歳。鎌倉幕府の最後の源氏将軍となった。

『右大臣実朝』は、そんな実朝の生涯を、『吾妻鏡』や『承久軍物語』などの古典を引きながら、従者の視点から描いた作品だ。日本が敗戦に向かう時期に発表されたからか、『斜陽』や『人間失格』といった戦後に書かれたものと比べて退廃を直接的に描いた作品ではないが、そのぶん筆致がおさえられた表現のなかに、濃い陰影や人間の愚かさ、そしてそこから漂う滅びの雅《みやび》が凝縮されている。

そして、先の引用を読み返すたびに思い出すのが、僕にとって二瓶さんという存在なのだ。

二瓶さんは、下北沢のうらぶれた飲み屋街に来る客としては、とても品のある風貌をしていた。四〇代半ばにもかかわらず子どものようなもち肌で、頬はうっすらと赤らんでいる。透き通るような白い肌をしているものの、不健康な様子はなく、とても血色がよい。

小太りの中年男性によく見られるたるんだ感じはなくて、むしろハリのある体型をしている。ポコっと出たお腹は愛らしく、少し甲高い声で笑うと切れ長の目がより細くなって糸のようになる。「麻呂」を付けて呼びたくなる公家のような気品をまとった大人の男性だ。

実際に、二瓶麻呂はインテリで、誰もが知る大手企業に勤めていた。その後、会社をあっさり辞め、大学に戻って新たな勉強を始めたのも、俗にとらわれない鷹揚さゆえだろうか。大層な酒飲みだが、乱れることはなく、「宮崎くんも大変だね。でも、そんなに頑張っているんだから誰かが見てくれているよ」と、いつも酔っ払って仕事の愚痴ばかり言う僕に明け方まで付き合ってくれた。そして、あの上品で柔和な笑顔を見せ、酒を一杯おごってくれるのであった。

二瓶さんの美徳を挙げるときりがないが、愚かな酒飲みの僕と徹底的に違うのは、きちんと休肝日を設けていることだった。なぜそんなことを知っているのかというと、二瓶さんは酒を飲まない日はフェイスブックで必ず、「今日は休肝日です」と投稿するからだ。二瓶さんは、とても育ちがいいのである。毎日のように酒場に通っていた僕は、「なんだ、今日はいないのか」と肩を落としたものだ。

しかも、おじさんがよくするようなテンプレートの投稿ではなく、「今日は休肝日です」というシンプルなもの以外にも、「今日はお勉強があるので、休肝日とさせていただきます」とか、「せっかくの休肝日なので、冷凍していた手羽先を使ってスープカレーでも」とか、「本日の休肝日スイーツは、六本木で買ったザッハトルテ」などとバリエーションゆたかに、写真付きで投稿してくれる。アルコールを頭の中にとにかく流し込んで、嫌なことを忘れたいと思っていた僕と比べると、なんと優雅なことか。きちんと生活を楽しむのが二瓶さん流なのだ。いつも小綺麗な服装で飲み屋街に現れる二瓶さんに密かに憧れていて、こんな立派な大人になりたいものだと思っていた。

そんな二瓶さんとも、優雅とは程遠い飲み方のせいで断酒を余儀なくされてからは、すっかり疎遠になり、投稿で休肝日を知るだけのつながりになってしまった。酒場の友情とは、かくも儚いものである。

翌日が休日の、ある日曜日。僕は朝方まで原稿に追われていた。その日は、よく通っていたバーで働くバーテンダーの誕生日で、夜な夜な店でパーティーが行われているはずだった。久しぶりに店に顔を出そうと思ったが、仕事はあるし、酒も飲めないし、どうせ朝方までドンチャン騒ぎしているのだろうから、閉店間際に少しだけ顔を出せばいいや。そう思い、ひとまず目の前の原稿に集中した。

朝靄が立ち込める、下北沢の繁華街である。空がうっすらと明るみ、いつまで経っても飲み足りない酔っ払いたちが、まだ営業している店を探して千鳥足で彷徨っていた。つい一〇分前まで原稿を書いていた僕は彼らを避けるようにして、いきつけだったバーを目指した。

遠くに、見慣れたバーの看板が見えた。いまだ煌々と照らされ、距離がありながらも店内で宴が催されている絢爛な雰囲気が伝わってきた。寝不足と、パソコンを長時間見つめていたせいで霞んだ目をこすりながら、僕は気怠い足取りでバーに向かって歩を進めた。

残り数軒先というところまで来たとき、目的のバーの向かいにある飲み屋から、コロコロした白い物体がひょっこりと現れた。その物体がなんなのか、すぐには判断できなかった。正体不明の白い物体は朝靄のなか、まだか弱い陽光を反射し、神々しく光って揺れていた。近づくにつれ、徐々にその物体の輪郭があらわになってきた。遠目には丸みを帯びていたように見えた物体に、頭と手と足があることがわかった。

それは人だった。そして、まぎれもなく二瓶さんだった。二瓶さんは僕に気がつくと、酔っ払ってゆらゆら揺れている体をしっかりと正し、警官がする敬礼のポーズをしてみせた。久しぶりに酒場に姿を現した旧友の存在が、よっぽどうれしかったのだろうか。いつものように目を細め、柔和な顔をさらに崩して穏やかに笑っていた。

平家ハ、アカルイ。

まさに、滅びの光景が目の前に広がっていた。文明が老い、腐乱した果実のように熟し、黄昏を迎えたときに現れる雅がそこにはあった。二瓶さんが老い、下北沢が老い、街がまどろんでいる。もし、僕に体力が残されていたならば、小劇場御用達の仮衣装屋が開くのを待ち、和服を借りてきて、一緒に蹴鞠《けまり》にでも興じたい気分だった。この場で二瓶さんと蹴鞠ができたなら、どんなに美しく、雅なことだろうかと本気で思った。

アカルサハ、ホロビノ姿デアロウカ。

もしかしたら、僕は重大な勘違いをしていたのかもしれない。二瓶さんは、朝日を白い肌に反射させながら、朝靄の中でいつまでも敬礼し、ふらつく体を揺り戻すように、たまにピョコン、ピョコンと跳ねていた。やけ酒を繰り返した挙句、酒が一滴も飲めなくなり、そのことをこの世の不幸とばかりに嘆いていた僕よりも、二瓶さんのほうがよっぽど滅びに近づいていたのではないか。そのとき、はじめて二瓶さんの陰影に気がついたのである。

人モ家モ、暗イウチハマダ滅亡セヌ。

僕は暗く、二瓶さんは明るい。しかし、それは表面上のことでしかないのだ。酒を飲めなくなった僕に一番心を痛めてくれていたのも、ほかならぬ二瓶さんだったのかもしれない。久しぶりに訪れた下北沢の繁華街。いつまでも変わらない時間が気怠く流れている風景のなか、変わらない明るさで迎え入れてくれた二瓶さんを見て、ふとそんなことを思った。

その後、二瓶さんとは数えるほどしか会っておらず、たまに店で会っても酒が飲めない僕は挨拶だけしてそそくさと帰ってしまうため、簡単な会話くらいしか交わしていない。完全に僕の思い込みで、本人にしてみれば余計なお世話という可能性もある。フェイスブックを見る限り、二瓶さんは相変わらず優雅な飲み歩きと、休肝日を過ごしているようだ。しかし、いつか二瓶さんの愚痴を聞かせてもらいたいと密かに願っている。愚痴を聞きながら、二人で夜を明かしたい。

ちなみに源実朝には、暗殺される当日に詠んだとされる和歌が遺っている。この和歌と二瓶さんのことが好きになった人は、ぜひ『右大臣実朝』を読んでいただきたい。

出テイナバ主ナキ宿ト成ヌトモ軒端ノ梅ヨ春ヲワスルナ

たとえ主人がいなくなったとしても、梅の花は春を忘れずに咲いてほしい。まどろんだ下北沢で神々しく光りながら、たまにピョコン、ピョコンと跳ねていた二瓶さん。二瓶さんには滅んでほしくないけれど、こうして引用してみると、本当に二瓶さんが詠んだように思えてくるから名歌は不思議である。

実朝も太宰も、そんなこと絶対に考えていなかったと思うが、滅びの雅は現代の下北沢にもあったのだ。

＊引用、参考文献

『惜別』（太宰治、新潮文庫）

舌の根が乾かないおじさん

酒精という言葉がある。驚くほど愚鈍な僕は、ながらく酒精を「酒の妖精」のことだと思い込んでいた。

酒場には、実際に妖精のような人がたまにいる。飲めば飲むほど純粋になり、その純粋さゆえにたびたび問題を引き起こす。いつもどこか痛んでいるが、口元はニヤニヤと笑っている。酒精とはエチルアルコールのことだ。男のなかの男ならぬ、酒のなかの酒。そういう意味では、酒精を「純粋な酒の精」と言い換えられなくもない。

電気グルーヴ×スチャダラパーの楽曲「聖☆おじさん」（せいんとおじさん）に、こんな歌詞がある。

今夜のパーティー　盛り上がりイマイチ
誰を呼ぶ？　聖おじさん
午前3時　なんか飲み足りない
誰を呼ぶ？　聖おじさん

僕は「聖☆おじさん」になるのが夢だった。断酒する直前の頃には、もはや自分が崇高な人間などとはどう考えても思えなくなっていたため、「聖☆おじさん」になることを夢見ていた。「聖☆おじさん」は愚かだが私欲がなく、肩の力が抜けた「純粋な酒の精」だ。

実際に「午前3時」に飲み足りない知人が、誰かを呼ぼうと思ったとき、僕の顔を思い出すことは多かったようだ。僕を呼び出すのは、たいていは僕より年上の人で、僕からすると彼らも十分に「聖☆おじさん」だったのだが、まあどちらでもいいことではある。

僕がよく飲んでいた下北沢や新宿界隈には、野生の「聖☆おじさん」がわんさか生息していた。だから、わざわざ呼び出さなくても、そこらへんを歩いている聖なるおじさんを捕まえれば、いつまでも飲み続けることができた。

そういえば、僕の出身地、東京都福生市にも「聖☆おじさん」がたくさんいた。米軍横田基地がある街で、郊外の割には飲み屋が多く、どうしようもない人たちばかりだった。二〇代の頃はよく「聖☆おじさん」に絡まれたり、たかられたりしていたものだ。

アニメ映画化された作品もヒットし、サブカルチャー界隈ではカルト的な人気を誇る某漫画家（R先生）もそのひとり。一度などは、手持ちの金がなく、コツコツ貯めたコンビニのポイントカードで、酒をおごってあげたこともある。それ以来、ポイントを貯める行為が馬鹿馬鹿しくなってやめてしまった。

最近、R先生とは会っていないが、最後に会ったときは、深夜に突然電話したのにもかかわらず、「今すぐ行く」と家から駆けつけてくれた。まさに「聖☆おじさん」だ。僕も僕で泥酔状態だったからよく憶えていないのだけど、たしか「聖☆おじさん」は「宮崎くんも、すっかり資本主義にそまってしまったな」としきりにボヤいていた気がする。コンビニのポイントカードという、資本主義の末端の末端で酒にありついていた人がよく言うよなと思った。R先生は、今もどこかで「聖☆おじさん」を続けていることだろう。

残念ながら、僕は「聖☆おじさん」にはなり切れなかったが、今でも「聖☆おじさん」たちが大好きである。繁華街の近くを通ると、「聖☆おじさん」の姿をついつい探してしまう。昔も今も、酒を飲んでいた頃も、やめたあとも変わらない、僕の習性である。

まだ酒を飲んでいたときのこと。それは年の瀬の下北沢だった。僕はジムで汗を流した後、三省堂書店まで歩いていた。平日の麗らかな午後だった。

その頃の下北沢には、南口方面から三省堂書店に行く途中に、昼間から開いている飲み屋があった。ジムに行ったおかげで前日の酒が抜け、心身ともに健全だった僕は、そんな大魔境には目もくれず颯爽と通り過ぎようとしたのだが、ふとカウンターで飲んでいる男（五〇代くらい）に目がいった。その風貌が異様だったからだ。

顔は一面ガーゼだらけで、頭は包帯でぐるぐる巻きにされている。傷はまだ新しそうだ。いかにも痛々しそうな状況なのにもかかわらず、昼間からひとりで日本酒をあおっている。この男は何者なのか。いったいなにがあったというのか。

僕は、その姿から漂う見事な「聖☆おじさん」ぶりに思わず息をのんだ。なんということだ。こんな時間に酒の精と出くわすとは。僕の「聖☆おじさんセンサー」が振り切れんばかりに反応している。

おそらく、前日に酔っ払って喧嘩でもしたのだろう。相手は、若い劇団員かバンドマンだったはずだ。勢いよく絡んだはいいが、足元がおぼつかない男は、ボコボコに殴られたに違いない。それも一方的に。

年末で忙しいというのに、お巡りさんも大変だ。呂律の回らない男の言い分を一通り聞き、「で、どうするの？　被害届出すの？」と質問したことだろう。「出さないなら、お巡りさんもう帰るよ。おとうさんにも悪いところがあったんだから、反省しなきゃ駄目だからね。あんまりお酒は、飲まんがいいよ」

それでも気が収まらない男は、ぶつぶつ文句を言いながら家路を歩く。路上に転がっている空き缶を蹴り、バランスを崩して転ぶ。見上げた夜空には丸い月。「あんまりお酒は、飲まんがいいよ」。そんなことはわかってるよ、バカヤロー。

そして、数時間後の姿がこれである。

男はニヤニヤしながら酒を飲んでいる。痛みは酒で散っている。ざまあみやがれ。俺を誰だと思ってやがるんだ。

「舌の根の乾かぬうちに」

僕の頭の中に、ふとそんな言葉が浮かんだ。今までの人生で一度も使ったことがない言葉が、頭の中に思い浮かんだのである。

「舌の根の乾かぬうちに」

手元のスマートフォンで検索してみると、「少しも間をおかずに、違うことを言う様」という意味らしい。「言ったそばから」と言い換えることもできるという。

思想家の東浩紀は、『弱いつながり 検索ワードを探す旅』(幻冬舎文庫)の中で「言葉にできないものを言葉にするための体験」が重要だとしている。それはすなわち「新たな検索ワードを探すための旅」であり、だからこそリアルな場で見ることが大切なのだ、と。

包帯の男を発見してから抱いていたモヤモヤが、ひとつの言葉で一気に晴れるような感覚を覚えた。「舌の根の乾かぬうちに」。僕は、この言葉を探していたのだ。酒の精こと「聖☆おじさん」は、僕にいろいろなことを教えてくれる。大切なことも、まったくそうでないことも。これだから、「聖☆おじさん探し」はやめられない。

新しい検索ワードを獲得した僕は、男に話しかけるなんてことはせずに、三省堂書店に向かった。そして、せっかくジムに行って健康的になったのにもかかわらず、夜にはまた酒を飲むのであった。

しかし、ひとつだけ言いたい。僕はあの男と違って、その日、お日様が沈んでから酒を飲んでいたのである。小さいようで、そこには天と地ほどの差があるのだ。少なくとも僕は、舌の根が乾いてから酒を飲んでいた。昼間はなるべく酒を飲まない。この発想を大酒飲みながら持てた（時期があった）のは、我ながら天才的な所業だったと思っている。少なくともその日、ジムで汗を流し、自分は立派な人間だと気が大きくなっていた僕には、そう感じられたのである。

「あんまりお酒は、飲まんがいいよ」。わかってるよ、バカヤロー。

そして、その数か月後、二度目の急性膵炎で入院することになったのだった。

酒をやめた今でも繁華街の近くを通ると、ついつい「聖☆おじさん」を探してしまう。新しい検索ワードを獲得するために。

ヤブさん、原始的で狂おしい残念な魅力

僕には、日常で見たものや現象を概念化し、独自の言語をつくり出す癖がある。

たとえば、赤ちゃんのことを心の中では「ほげ」と呼んでいる。これはずいぶん昔からのことで、いつ、どのような理由でそう呼ぶようになったのか定かではないものの、おそらく中学生くらいから使い始めたのではないか。もしかしたら出典があるのかもしれないが、今になっては記憶が曖昧だ。

ほげは「ほげる」という動詞にも変換され、抱っこ紐に吊るされて、爆睡しながら移動している赤ちゃんを見ると、「ほげってるな」と思うし、新幹線や飛行機のなかで泣いている赤ちゃんも「よいほげっぷりだ」と微笑ましく感じる。中学生になった姪の「ほげ度」が、どんどん薄れていってしまうのが少し寂しい。甥は、まだまだほ

げっている。

いつしか、ほげの概念は拡張され、「どこか抜けているが、純粋でおもわず微笑んでしまうもの」という意味になった。寝ぼけて的外れなことを言ってしまうこともほげだし、完成度の低いぬいぐるみや地方のお土産などを見掛けると、「ほげみ」を感じる。一度、酔っ払って財布をなくしたとき、「ほげっちまった」とひとりで舌打ちしてみたが、その後の展開にはまったくほげみはなかった（ちなみに、あらためてネットで「ほげる」を調べてみたところ、別の意味も複数あることがわかった。参照すると長くなるのでここでは省略させていただく）。

また、ただ単に可愛いものを指して、「ぽ」と呼ぶこともある。これは、音の響きも含めて、日本語で最も可愛い文字が「ぽ」であるという理由から発想したもので、「ぽ的なもの」などといった使い方もあるのだが、「ほげ」ほどには自分のなかで浸透していない。

コンビニを区別して呼ぶことに煩雑さを感じ、セブン-イレブンとローソン以外の店を概念化して、すべて「ファミマ」と呼んでいた時期もあった。待ち合わせのときなどにまぎらわしく、コンビニに対しても失礼であるという理由から、こちらは友人にやめさせられた。

さらに、子どもの頃から鼻炎に悩まされていた僕は、点鼻薬のことを「鼻チュッチュ」と呼び、「無人島に一つだけ持っていくとしたら絶対にこれ」と愛着を持って接していた。メディアに出たときに、写真に写り込んでいたこともあった相棒だ。しかし、愛称をつけて可愛がるものではなく、長く使いすぎてはいけないものなのだと、医者に教えてもらった。そもそも、鼻チュッチュは概念ではない。歴としたお薬である。

ところで、赤ちゃん（ほげ）もそうなのだが、「動物が好き」だと人に言うと、意外な顔をされることがある。いつも顔色が悪く、死神みたいな顔をしていて、神経質そうに見えるからだろうか。会社員時代、後輩には「優しい死神」「働く廃人」とあだ名をつけられていた。動物を可愛がっている姿が、想像しづらいのかもしれない。

たしかに、動物が好きだと言っても、わざわざ遠方の動物園や水族館にまで出向くといったことは滅多にしない。テレビやインターネットの動画や画像で、簡単に癒されてしまう。パンダも愛らしいとは思うが、人がごった返しているところに行ってまで見る情熱はない。

そんな僕が、一目で虜になり、意を決して会いに行った動物がいる。それは、「ヤブイヌ」である。ヤブイヌ、英名「bush dog」。この雑すぎる名前からして、僕の好みであることがわかろう。

きっかけは、X（旧ツイッター）でたまたま流れてきた画像を見たことだった。「嘘だろう……」とその目を疑うほどの魅力的な御身に一瞬でやられてしまい、以来、ヤブイヌのことばかり考える日々が続いた。

まず、ヤブイヌを見て思ったのが、「里芋に似ている」ということだ。なんとも素朴で、普段はその存在を意識しないものの、食べたら間違いなく満足し、なんで今まで忘れていたのだろうと後ろめたく感じられる里芋料理のような絶妙なポジション。しかも、ヤブイヌは南アメリカ北部に生息するが、なぜか和風な感じもして、「ヤブさん」と呼びたくなる。

愛らしいつぶらな瞳をしながらも、その眼光からは強い意志が感じられる。小柄だが全体的にコチっとまとまっていて安定感があるのも、僕のツボをくすぐった。

「もっとヤブイヌのことを知りたい！」と、過去の雑誌を調べることができる世田谷区八幡山の「大宅壮一文庫」まで足を運んでみた。大宅文庫のデータベースを調べてみた限り、ヤブイヌが雑誌に取り上げられたのは、「Newton（ニュートン）」二〇〇六年四月号と「週刊女性」二〇〇八年八月五日号の二回。「ニュートン」によると、ヤブイヌは群れを作る習性があり、ネズミやウサギのほか、トカゲやヘビ、シカやバクなどを集団で狩って生活しているらしい。意外と獰猛な性格をしている。また、足の指には水かきがあって、水中でも素早く移動できるのだという。メスは逆立ちして尿を放ち、マーキングするというのも面白い。

さらに、名古屋市にある東山動植物園のホームページによると、「もっとも原始的なイヌ科動物の一種」なのだそうだ。なるほど。だから、妙に懐かしい感じがしたのか。言われてみれば、ヤブイヌは里芋だけではなく、イノシシ（瓜坊）にもタヌキにも似ている。子グマを目一杯、圧縮したようにも見える。また、ほかのイヌ科が持つ要素をまんべんなく有していて、まだどうとでも進化しそうなプリミティブ（原始的）な可塑性《かそせい》に満ちている。

しかし、最近では生息地が開拓され、準絶滅危惧種に分類されているそうだ。生息地近くに道路や鉄道が通されて、ブラジルでは交通事故で死んでしまった例もあるという。


なんてことだ。これはすぐに見に行かなければならない！　ということで、僕は二〇一七年五月二八日、出不精な重い腰を思い切ってあげて、「よこはま動物園ズーラシア」までヤブイヌに会いに行くことにした。ヤブイヌのためならどこまでも、といった勢いだった。

とはいっても、当時、取材以外でほとんど外出することがない生活を送っていた僕にとって、下北沢から横浜への道のりは遠かった。しかも、最寄り駅からバスで一五分もかかる……。心が折れそうになりながらも、「ヤブイヌのためなら」とネットで拾った画像を何度も眺めてテンションを高めつつ、ズーラシアまでの旅路を急いだ。

ズーラシアの門をくぐった後も、けっこう歩いたと思う。途中にライオンやらキリンやらテングザルやらもいた。動物好きの僕は彼、彼女たちにも興味を引かれ、ときには足を止めはしたが、まずはヤブイヌをじっくり見たい。別に、逃げも隠れもしないだろうけど、妙に気が急いていた。湿った額をタオルで拭いながら、はやる気持ちをおさえて、ヤブイヌの展示ゾーンへと着実に歩を進めていった。

ネットでは、ポータルサイト「デイリーポータルZ」の「仕事に疲れ果ててヤブイヌを見に行った」という二〇一五年一〇月八日付の記事が話題となっていた。この記事でも舞台はズーラシアである。関東でヤブイヌを見ようとすると、どうしてもズーラシアにアクセスすることになるのだろう。

記事では、あまりにマヌケな様子が笑いの種となっていたが、それから二年近くも経っているのだから、ヤブイヌたちも成長したに違いない。もしかしたら、来園者に愛嬌を振りまくくらいのことはするかもしれない。そんな期待を抱きながらヤブイヌの元に向かったのだが、現実ははるか斜め上をいっていた。マヌケを通り越して、もはや人目を拒絶するかのような空気が、そこには漂っていたのだ。

目の前には柵にかこわれた、だだっ広い荒野が広がっていた。おかしい。たしかにヤブイヌの展示ゾーンのはずなのだが、姿が一切見えない。そこかしこに草が生えヤブのようになっているし、ここで間違いないはずだ。柵の前に立ち止まり、「なにがいるの?」と小さな女の子から聞かれたお母さんに、「どうせイヌかなにかでしょ」と軽くあしらわれて、スルーされる始末。もしかしたら、ヤブの中に隠れているのだろうか。

待つこと五分ほど、それは僕にとって永遠に近い長い時間に感じられた。そして、ついに飼育室と思われる建物の陰から、黒っぽい物体がぬるりと出てきたのだ。ヤブイヌだ! ついにヤブイヌが見られた。しかし、遠すぎて、あの愛らしいつぶらな瞳がまったく確認できない。そして、思ったよりも胴が長く、重心が低くて、日に焼かれて劣化した銅のような、なんともいえない毛色をしている。

ようやく姿を現した一頭のヤブイヌは、数メートルほど歩くと、くるりと折り返し、もとの飼育室の陰へと戻っていった。群れを作り、水中を素早く動き、逆立ちして尿をする……どころかあまりに遠すぎて、どこからが頭で、どこからが胴体なのかすらわからない。

しかし、しばらく待ってみると、また同じところからヤブイヌが出てきた。「今度こそ、もっとゆっくり見られる」と思ったのも束の間、ヤブイヌは前とまったく同じ動きをして、飼育室の陰へと吸い込まれていく。デイリーポータルZの記事でも、この行ったり来たりの習性には触れられていたが、この日はヤブのなかに入る気配すらない。飼育室のまわりにあるコンクリートで舗装された道を、気怠そうにうろうろしているだけだった。ヤブイヌなのにヤブに行かない。

その後も根気強く凝視していたものの、定期的に同じ場所から同じヤブイヌが出てきて、同じ動きをして見えなくなるだけ。まるで、プログラミングされた動きだけをするRPGの町人を見ているようだ。

いや、実際のところ同じヤブイヌだったのかすらわからない。複数頭、飼育しているはずだから、途中で入れ替わっている可能性も疑われる。おそらく、一度に複数頭を見ることができても、個体の判別はつかないだろうと思う。まさにプリミティブなイヌである。

そして、ちょっと前から僕の横に来て、立ちつくしていたおばちゃんが一言。

「ちくわが歩いているみたい」

……ちくわ。それでこそヤブさんだよ！　僕が求めていたヤブイヌは確かにそこにいた。その「残念さ」こそがヤブイヌの魅力なのだと、僕はヤブさんへの愛をさらに深めた。そう、愛嬌なんて振りまかなくたっていいのである。ヤブさんはヤブさんのままでいいのだ。

プリミティブで原形に近いがゆえに、素朴で地味。派手なものが好きならばクジャクでも眺めればいいし、愛嬌がほしければレッサーパンダでも拝めばいい。「ちくわ」と呟いたおばちゃんもきっとそう思っているはずだ。興奮冷めやらないまま園内を歩いていると、自動販売機にヤブイヌのポスターが貼ってあった。その気合いの入れようと、実際の展示とのギャップがたまらないほど愛おしい。

帰りに売店に寄ってみた。ポストカードやぬいぐるみ、本のしおりとおぼしきものなど、ヤブイヌのグッズがたくさん置いてあり、むろんすべて購入した。展示と比べて、なんと充実していることか。きっとズーラシアのスタッフたちも、ヤブイヌが大好きなのである。そうでないと、あんな地味なイヌのグッズをつくろうと思わないだろう。

横浜で衝撃的な出会いをして以来、僕は「プリミティブで、残念なほど地味だが、たまらなく趣きがある」ものに対して、「ヤブみ」という言葉を使うようになった。ヤブみがあるものの代表例は、たとえばヤカンである。あの素朴で、無駄のない佇まい。ほかに形が考えられそうなものだが、ヤカンはヤカンのままだ。どんなに使い込んで表面が傷んでも、なかなか買い替えようと思わない感じが、ヤブみに満ちている。ヤカンがストーブの上に置いてあれば、なお素晴らしい。正月にしか見かけない四角い餅にもヤブみがあり、こちらも同じくストーブによってよりヤブみが増す。

言葉をつくることとは、なにかを好きになることと似ている。そして、好きなものが増えるということは、世界が広がることでもある。ヤカンにヤブみを感じてから、僕は使い古されたヤカンを見るのが好きになった。「使い古されたヤカン博物館」があったら通うと思う。おたくのヤカン、疲労した感じが絶妙にいいですよね、とかご近所さんと言い合いたい。家にある汚いヤカンを買い替えるのもやめた。

あと、これは単純に見た目が似ているという理由もあるのだが、タワシにもヤブみがある。とくに、タワシの便器用ブラシは最高だ。最近ではよりキレイに磨けるハイカラな素材に柄《え》がついた商品が主流となり、ついぞ見かけなくなったけど、たまに一〇〇円均一ショップの片隅に申し訳なさそうに置いてあるところをみると、根強いタワシファンがいるのだろう。世の流れに迎合しない頑固さから毅然たるヤブみを感じる。清掃道具界のキング・オブ・ヤブさんである。そう考えると、身近なものが愛おしく感じられてこないだろうか。

ちなみにヤブイヌは、ほげってもいる。そういう意味では「ほげ」という大きな概念の中に、「ヤブみ」というカテゴリが存在しているのかもしれない。いや、むしろ逆で、「ヤブみ」の中に、「ほげ」が含まれているのかもしれない。しかし、ヤブイヌは「ほげ」であっても、「ぽ」ではない。もう自分でも、なにがなんだかわからない。

紳士は華麗にオナラする

赤ちゃんや犬と接していて不思議に思うことのひとつに、彼、彼女たちが平気な顔をしてオナラをすることがある。犬なら、そのことわりは単純だ。なぜなら本来、野生なのだから、生命活動の一部であるオナラは恥ずかしいことでもなんでもないのである。人間の赤ちゃんはどうなのだろう。もちろん、まだ自意識がほとんどない乳幼児期は、オナラなんて同じく生命活動の一つに過ぎないが、ならば人間の子どもはいつからオナラを恥ずかしく思うようになるのだろうか。

加藤美希雄が一九六八年に記した『愛と死・そのふたり　明治・大正・昭和・百年の心中秘話』（清風書房）という著書に、衝撃的な記述がある。

同書によるとことの発端は明治八（一八七五）年六月一〇日、神奈川県片瀬村

（現・藤沢市）で、ある花嫁が仲人の家にあいさつに行った際、緊張もあったのだろう、身をかがめた瞬間、なんとも奇妙な音のオナラを漏らしてしまった。花嫁はそれを苦に自殺、しかもその怨恨がこじれて自殺がさらに二件も発生する大事件に発展したというのだ。なんともやるせなく、憤りを覚える心が痛む事件だ。

赤ちゃんは、あんなにも勢いよくオナラをしているのに、なぜ明治時代の花嫁は自殺しなければならなかったのだろうか。人類は、なぜかくもオナラに対して丸腰で、弱々しい存在なのだろうか。

オナラといえば、こんな出来事があった。

ある平日の昼、駅構内のトイレに入った。便器の前に立ち、チャックを下ろして小便をする。横にはスーツを着た五〇代後半くらいの男性が、同じく小便をしている。身なりの良さと、横顔からにじみでる威厳から、それなりのポストに就いていることがうかがえる。二人とも前方を見つめながら、ただただ黙々と小便に集中していた。

その時である。「バファッ!」と横から大きな破裂音がした。オナラだ。男性が屁をこいたのだ。小便をしていると肛門が緩むため、同時にオナラが出てしまうことがある。きっと男性もそうだったのだろう。もしかしたら、重要な会議が始まる時間に遅れてしまいそうで、急いでいたのかもしれない。しかし、そんなことに思いを馳せる間もなく、すかさず男性は一言、「失敬」と低い声で呟いた。

なんて紳士的な男性だろうか。前を向いたまま「失敬」とだけ呟く凛とした姿勢には、清々しさや優雅さすら感じられた(臭かったけど)。しかし、この場合、僕はどう振る舞えばよかったのだろうか。突然のことに、「はあ……」と気の抜けた声を出すだけで精一杯だったが、男性の誠実さに報いる適切な応対があったように思う。

オナラは、いわずもがな誰にでも起こり得る生理現象だ。そして、その臭いや肛門から気体が出るという間抜けさとも相まって、「人前ですると恥ずかしいもの」とされている。これは、おそらく古代からそうだったのではないか。オナラは、どのような状況でなされても間抜けで、毅然とした品のいいオナラなんて聞いたことがない。

にもかかわらず、オナラをした後、された後の礼儀作法について学んだ記憶はない。古代ギリシャはどうだったのだろうか。中世ヨーロッパはどうだったのだろうか。寡聞にして知らないが、おそらく明確な礼儀作法は確立されていなかったのではないかと思う。少なくとも、明治時代に自殺者が出ているのにもかかわらず、その後、我が国で具体的な対策案が提示された形跡は見つからない。礼儀作法が確立され、オナラをした本人も、された周囲の人も華麗に立ち回れていたならば、あんな凄惨な事件は起きなかったはずだ。

これは人類の怠慢なのではないか。

駅構内のトイレでの出来事が、立場が逆だったらどうだっただろうか。放屁をした僕は、急いで小便を止めてチャックを閉め、かぶっていたキャップを脱いで、深々と頭を下げながら「大変失礼いたしました」と、目上の男性に対して謝罪するべきだったただろうか。そんなことをしても、おそらく男性は戸惑うだけだったに違いない。公共の場であれば、どこでも同じであろう。満員電車でオナラをした人がいたとして、周囲は不快な気持ちになるかもしれないが、「おい！　いまオナラをした奴は誰だ!!」とわざわざ問いただしたり、「すみません。わたくしです！」と自己申告したりする人は、まずいない（すかしっ屁であっても）。というか、そんな状況になるほうが迷惑である。スルーして切り抜けたいと思う人が多数派だろう。

こんなこともあった。ある時、近所を散歩していたところ、前を歩いていた男性がオナラをした。それも盛大に。しかし、男性はイヤホンで音楽を聴いていて、その音の大きさに気づいていなかった。そこで僕が男性を呼び止め、「すみません。いまかなり大きな音のオナラをしましたよ」と教えるのは、どう考えても逆に失礼である。つまり、公共の場でのオナラに対しては、偉大なる儀礼的な無関心を発動するべきなのだ。人は誰だってオナラをする。そして、僕たち自身もオナラをしてしまう。このこと自体をなくすのは不可能であり、それをわざわざ顕在化させて議論の俎上に載せるのは、無粋な行為である。駅の構内のトイレで出会った男性の紳士的な対応に、僕が取り乱した背景には、そうした理由が横たわっている。

では、恋愛の場面ではどうか。恋人の前でオナラすることを恥ずかしく思う人も多いだろう。交際前の段階なら、なおさらそうである。

ある女性からこんな話を聞いた。まだ付き合い始めて間もない頃、はじめて彼氏の家に行ったとき、彼女は急に便意をもよおし、「トイレを借りるね」と言って部屋を出ようとしたという。そこで、悲劇が起こった。緊張からなのか彼女は床で滑って盛大に尻餅をついてしまい、弾みで「ぷぅー」とオナラを出してしまったのである。みるみるうちに顔が青ざめていく彼女。もう終わりだ。嫌われるに違いないと絶望した。ところが、付き合いたてのその彼氏は「可愛い音だったね」と笑って、場を和ませてくれたという。その彼氏は明治八年六月一〇日、神奈川県片瀬村にいるべきだった人物である。

何度もいうが、人はオナラをする。それは仕方ないことだ。なるべく人前でするのは避けたいが、彼女のように思わず出てしまうこともあるし、我慢しすぎるのも体に悪い。ましてや恋人同士、この先も長く付き合っていきたいという誠実さがあれば、

「いつかは絶対にしてしまうオナラ」を咎め、幻滅するのはよろしくない態度だ。

むしろ、どんなに気をつけていても、いつかはしてしまうのだから、相手のことを思うならば、自分から率先してオナラするくらいが優しい大人の態度だとも言える。むやみやたらにオナラをするのはどうかと思うけど、たとえオナラをしてしまっても笑いあえるような仲でなければ、交際も長く続かないと思うのだが、どうだろうか。


一番困るのが、職場でオナラをしてしまった、されてしまった場合だ。たとえば、会議の用意をしている状況ならば、そこは偉大なる儀礼的な無関心を発動するべきだと考えられる。もしかしたら、椅子や机が動いた音かもしれないし、それが本当のオナラだったとしても、複数人いれば誰がしたかもわからない。スルーするべきだ。

しかし、隣の席の人がした場合はどうだろう。さすがに、無視するのも気まずいように思う。「オナラ、しちゃった。ごめんね」とか、「おなかの調子が悪いの？」とか、その人との関係性に合わせて、したほうも、されたほうもなにかしら反応はしたほうがいい。

クルマやエレベーターといった密室でオナラをしてしまった場合の対応など、考えなければいけないことはほかにもたくさんある。なのに、いまだにオナラについての礼儀作法が定まっていないのはおかしいのではないか。くだらないビジネスマナーにこだわるよりも、人類史が始まって以来、存在し続けているこの問題について議論し、一定の社会的な合意を作るほうが、よっぽど建設的だと思う。

ここまで書いてきて、あることに気がついた。オナラをした後、間髪をいれずに「失敬」と低い声で呟いたあの紳士は、やっぱりとても素敵だったのではないか、ということである。いきなりオナラの問題を俎上に載せられて戸惑ったものの、考えてみれば俎上に載せられることを拒否した僕の反応こそが「人類の怠慢」を助長している態度なのかもしれない。儀礼的な無関心を長く続けてきたことで、人類はオナラについて思考停止に陥ってしまっていたのではないか。

とりあえず、今度、人前でオナラをしてしまったら、間髪をいれずに「失敬」と言ってみてほしい。そこから社会的合意に至る議論が始まるのである。

人類は、前に進まなくてはいけないのだ。

肉と人と醜いアヒルの子

酒をやめてからも体の不調は続く。そう簡単に、平穏な日々は訪れなかった。桜のつぼみが膨らみはじめる二〇一八年三月、僕は慢性副鼻腔炎（蓄膿症）と鼻中隔弯《びちゅうかくわん》曲症《きょくしょう》の手術のために入院した。

それにしても、自分ほど愚鈍な少年はいなかったと思う。小・中学生時代は、年がら年中、鼻がつまっていて、いつも頭に白い霧がかかっていた。その頃の自分を一言で表すならば、「肉」である。愚鈍な肉が友達と喋ったり、クワガタをとったり、ご飯を食べたりしていた。今思えば、肉は肉なりに愉快な人生だった。なにせ、悩みを持とうにも、持ちようがなかったからだ。その代償なのか、当然のことながらほとんど記憶がない。肉は、ただただただ肉だった。

小学生のとき、授業で先生が言っている内容を理解したことは一度もなかったと思う。それでも学校が大好きで、体調を崩して休むたびに悔し泣きしていたのだから、本当に不思議な子どもである。

最近、母が大掃除を始めたらしく、実家から僕の元にいろいろな荷物が届いた。そのなかに、小学校のときの通知表が入っていて、先生のコメント欄には「いつもニコニコしていて、みんなと仲良しです」とだけ書かれていた。よほどほかに書くことがなかったのだろう。

そんな肉が「人」になったのは、中学二年生のときのこと。担任の先生から「お前は口呼吸しているから、頑張って鼻で呼吸してみろ」と勧められたのがきっかけだった。その頃には、身長がかなり伸びて鼻づまりも若干緩和していたこともあり、僕は恐る恐る鼻で呼吸をしてみた。するど、どうだろう。突然、目の前が開けたのだ。それまでは視界がぼんやりとしていて、他人と自分との区別もつかなかったのだが、自我とも呼べるものに目覚めはじめたのだった。

しかし、そのあともやっぱり鼻づまりは完全に治らず、肉的な愚鈍さが抜けきらないまま、三五歳までできてしまった。そして三六歳を目前にして、ようやく以前から医者に勧められていた手術を決断したのだ。「せっかく断酒したんだから、このままもっと健康になってしまえ」とついでに禁煙を開始し、その時点では（あくまでその時点では）成功していた自信からくる勇ましい勢いが僕を後押しした。

批評家、作家の吉田健一は、随筆「我が青春記」の中で、二七〜二八歳の頃に蓄膿症の手術をし、その後の心境を「青春の始りだった」と表現した。「随分遅い青春のようでもあるが、この手術が見事に成功した後と、その前では、気分の上でまだ春になり掛けの曇った日に雪が薄ら寒く降っているのと、青空の下で桜が満開している位の違いがあるので、これを青春とそうでない前の境目にしたい」と。

僕も、人より遅い青春を迎えることができるのだろうか。肉から完全に人になることができるのだろうか。もしかしたら、突然頭が冴えて、とんでもなく素晴らしい文章を書きはじめるかもしれない。

ところで、よくよく説明を聞いてみると、鼻の手術といっても全身麻酔だというから恐ろしい。人生ではじめての経験である。変な方向に曲がった鼻の中の骨まで削るという。「全身麻酔は気持ちいいよ。夢の中にいるみたいで」と、女性の友人から受けた無責任なアドバイスをなんとか信用しようとしたものの、目の前で頭がクルクルパーになっている大酒飲みの言うことを信じるほどお人好しではない。

ともあれ、手術の日はやってきた。二か月前からランニングをし、体を作ってこの日に備えてきた。緊張しながらも、身支度を済ませ病院に行った。入院は、手術の前日からだ。直前の検査を終え、暗い病室で一晩不安な夜を過ごし、ついに手術開始の時間となった。入院している病室からは担架かなにかで運ばれていくのかと思いきや、普通に歩いて手術室まで向かった。

入院してからというもの、僕は看護師にしつこいほど全身麻酔のことを質問していた。途中で目を覚ますことはないのか。もしくは二度と目を覚まさないケースはないのか。麻酔の量は適正に投与されるのか。あまりのうるささに看護師も辟易したのか、「夢の中にいるみたいなものですから」と、しまいには大酒飲みのクルクルパーと同じことを言い始めた。ますます信用ができない。僕は元来、疑い深い人間なのである。

この看護師は、人を「肉」だと思って馬鹿にしているのではないか。早く「人」になりたい。ますますそう願った。

手術室に徒歩で入っていった僕は、ベッドの上に案内された。なにやら医師や助手や看護師らしき人たちが、慌ただしく会話や作業をしている。状況が摑めず呆然としている僕に女性の看護師が近づいてきて、口と鼻を覆うマスクのようなものをかぶせてきた。

「これが麻酔ですか」と力なく聞いた。「いえ、違います。麻酔はまだこれからですよ」と看護師は優しく答えた。それが手術室での最後の記憶だった。気がついたら元の病室のベッドで天井を仰ぎ、カエルの死骸のような格好で横たわっていた。ベッドの脇では、病室に駆けつけた家族が呑気にバカ話をしている。僕は騙されたのだ。

さて、無事に手術を終えた後、僕は「青春」を迎えることができたのだろうか。実は、残念ながら手術の効果はすぐにはわからなかった。なぜなら、止血その他の理由で両鼻に綿球が詰められていることに加え、鼻の中にシリコンが入れられていたからである。

綿球は傷が癒えるにつれ自然に溶けて、鼻が徐々に通っていくものらしく、シリコンは一週間の入院を終えた後の再診時に、経過を診て取るか取らないか執刀医が判断をするのだという。とにかく、手術が終わった段階では青春どころか、まったく鼻から息ができない。口呼吸をしていた頃の完全なる「肉」の時代に逆戻りである。

そして、なによりも痛みがものすごい。顔まわりの手術だということもあり、痛みによる不快感が半端ではないのだ。結局、退院する日まで痛み止めと睡眠導入剤をもらい、好きな読書をする気力も起こらずに、ただただ天井を見つめながらボーっと過ごしていた。

退院の日、医者からあることを教わった。鼻うがいである。ノズルのついた専門の器具を購入し、処方してもらった生理食塩水で鼻を洗浄するのだ。片方の鼻の穴にノズルを突っ込み、器具をプッシュしてもう片方の鼻から水を出す。はたから見るとなんとも間抜けな行為なのだが、これをすると綿球が早く取れやすいと聞いて、僕は家に帰って必死に取り組んだ。

最初はうまくいかず、ノズルを入れた鼻のほうに水が戻ってきてしまったり、喉のほうに落ちてきてしまったりした。しかし、何度もチャレンジしているうちに、きれいにもう片方の鼻から水がピューと出るようになった。まるで噴水のようである。

あまりのうれしさに、僕は洗面所に妻を呼んで、何度も鼻うがいをして見せた。はじめは「すごいね」とほめてくれていた妻だったが、四日目あたりから「昨日とどこが違うの？」と怪訝な顔をしはじめた。妻はなにもわかっていない。鼻から噴き出る水圧が、まったく違うではないか。僕の鼻うがいは日々、上達していたのだ。

ところで退院の日、僕は地下の売店でぬいぐるみを買って帰った。ベッドでボーっとしていたとはいえ、一日なにもしないで過ごすのは、さすがに暇すぎる。一日に一回だけ、地下の売店まで歩いて行き、池波正太郎の歴史小説と週刊誌しか置いていない棚を見つめたり、店の中を意味もなくグルグル回ったりして時間を潰していた。

その売店には、ぬいぐるみが置いてあった。黄色いアヒルみたいなぬいぐるみで、背中を押すと「グエ、グエ」と間抜けな鳴き声を発する商品である。おそらく、入院している子どもに買ってあげる人がいると思って仕入れたのだろう。いったい何年売れ残っているのだろうか。薄汚れて、経年劣化がはなはだしい。しかも、一八〇〇円という値段である。こんなものに、汗水垂らして稼いだお金を払うお人好しなんているはずがない。僕以外には。

ということで、退院の記念にこの通称「グエちゃん」を買って帰ることにしたのだった。レジにグエちゃんを持っていくと、おばちゃんが驚いた顔をして、僕を凝視した。購入されて驚くような商品を、なぜこんなにも長く店頭に放置したままでいたのだろうか。

怪しい視線を向けるおばちゃんに言い訳するかのように、「なんか、毎日見ていたら可哀想になっちゃって」と、僕は言った。すると、おばちゃんは突然顔をほころばせ、大きな声で「まあ！　なんて心の優しい青年なのかしら。無料で差し上げたいくらい!!」と叫んだのだ。さらにそれに呼応するようにして、商品の棚を整理していたもうひとりのおばちゃん店員が、「私、このことを新聞に投書するわ！」と昼間に鳴く狂ったニワトリのような声で絶叫した。

そんなことはいいから、早く会計を済ましてほしい。こちとら、鼻がつまって苦しいのだ。さっさと家に帰って、鼻うがいとやらを試してみたい。レジのおばちゃんに会計を促すと、バーコードを通して表示された値段は、なんと八〇〇円だった。値札が間違っていたのである。それは売れないわけだ。こんな薄汚いアヒルが一八〇〇円もするなんてはじめからおかしいと思った。過大評価されたおかげで売れ残り、グエちゃんもいい迷惑である。

話が脱線したが、苦しい日々をなんとか耐え、ついに退院後の再診の日がやってきた。くしくもその日は、僕の三六回目の誕生日だった。日々の鼻うがいのかいもあり、その頃には綿球はだいぶ溶け落ち、鼻から空気を吸えるようになっていた。

しかし、鼻の中に装着されたシリコンが僕を悩まし続けていた。これがある限り、鼻は完全には通らないし、なによりも異物感が気になりすぎる。本当に今日、シリコンを取ってくれるのだろうか。疑い深い僕はそんな心配をしつつ、執刀医の診察を受けた。すると、鼻の中を管のような器具で覗き込み、「うん。だいぶ良くなりましたね」との一言で、あっさりとシリコンを取ることを決断してくれた。

「鼻うがいは、もう少し続けてくださいね」と釘をさす執刀医に、「あの、先生。鼻うがいは、ずっと続けてもいいんでしょうか。なんか健康にいい気がするし。どんどん上達していくのがうれしくて」と聞いてみた。執刀医は、少し驚いた顔をして、

「珍しい患者さんですねえ。だいたいは、みなさん嫌がるものなのですが。では、処方できるぶんだけ、生理食塩水を出しておきましょう」とほめてくれた。

病院を出た僕は、鼻から思いっきり空気を吸い込んでみた。春の澄んだ空気が体の中に入ってくる。まさに青春だった。僕はついに、完全なる「人」になったのだ。せっかくなら、あのシリコンを記念にもらってくればよかったな。そんなことを考えながら、清々しい気持ちで家路についた。段ボール一箱ぶんの生理食塩水を抱えて。

最後に、蓄膿症の手術を終え、なにが変わったのか成果を書いておきたい。

まず驚いたのが、食事が美味しくなったことだ。なにを食べても美味しく感じるのである。手術後に松茸を食べたのだが、それまで松茸はただのキノコだと思っていた。ただのキノコのくせに、妙にお高くとまったキノコだと。しかし、今は違う。秋の匂いがする上等なキノコになった。

あと、周囲から指摘されて気づいたのが、トイレに行く回数が減ったことである。おそらく、鼻がつまっていたときは口で呼吸しがちで、喉が渇きやすかったのだろう。

水分を頻繁にとっていたため、トイレが近かったのだ。これで長時間の映画も安心して楽しめるようになった。

さらに僕は長年、起床した瞬間、寝転んだまま枕元に置いてある水で喉を潤す習慣があったのだが、鼻が開通してからそれをすると、鼻から水が噴き出してしまうようになった。ベッドの上で溺れてしまうのである。それまでは、喉と口の間にあるなにかが、水をせき止めていたのだと思う。

そしてなによりも、鼻を手術したことで、酒、タバコに次ぐ三大依存物質のひとつとして僕を悩ませていた「点鼻薬」がやめられたのが大きい。「鼻チュッチュ」と愛称をつけて、「無人島に一つだけ持っていくとしたら絶対にこれ」とうそぶいていたほどの、あの依存物質である（ないと頭がボーっとして自我を保てないという理由から）。ラジオ番組に出演した際の写真に容器が写り込んだり、インタビュー中に無意識にチュッチュして相手に驚かれたりもしていた。酒もタバコも点鼻薬もやめた今、僕は本当の自由を手に入れたような気がしている。

退院して、ようやく睡眠導入剤がなくても寝られるようになってきたある夜、ベッドの上で寝返りを打った僕は、枕元に置いていたグエちゃんを押しつぶしてしまい、アホみたいな鳴き声で目を覚ましてしまった。せっかく買ってあげたのに、なんて恩知らずな奴なのだろう。それ以来、グエちゃんは本棚の上に無造作に置かれている。彼（僕はオスだと決めつけている）にとって、病院の売店にいた頃と状況があまり変わらなくなってしまった。むしろ、こんなことならば、もう少し粘って子どもの手に渡ったほうがよかったのではないか。その可能性は、限りなくゼロに近いとは思うが。

確認はしていないものの、新聞に薄汚いアヒルのぬいぐるみを買った青年（実は中年。年配のおばちゃんには四〇歳以下の男の顔なんて、ざっくりしか区別がつかない）の話が載っていたら、それは僕のことである。新聞もそんなことに紙幅を割く余裕はないと信じたいが、仮にそんなことが起こっていたとしたら、日本中の人に謝りたいと思う。

やっぱり人間、鼻がつまっているときに判断したことは、誤りがちなのであろうか。つい出来心で買ったグエちゃんは、今日も間抜けな顔をして僕を見つめている。

＊引用、参考文献
『三文紳士』（吉田健一、講談社文芸文庫）

中田英寿に似た男

中学二年生のときに鼻呼吸をはじめ、僕はなんとか完全なる「肉」である状態からは脱した。ただし、それはただの肉が、少しだけ思考することができる「人肉」になったに過ぎなかった。「人」になるのは、はるか未来のことである。

人肉になっても勉強は相変わらずまったくやらなかったので、内申書はぼろぼろ。公立高校に進学することは諦め、三教科にしぼって私立高校を受験することになった。愚かな僕は、それでも直前まで勉強に手をつけなかった。塾には通っていたものの、すぐにサボって姿をくらませてしまうため、一緒に通っていた幼馴染のY君と同じクラスに特例で入れてもらえることになった。

その塾では、難関高校を目指す特AクラスからA〜Cまで学力別にクラス分けがされていた。もともと僕はCクラス。なのに突然、Aクラスに昇進したのだから、当たり前だけど、先生がなにを話しているのかまったくわからない。それでも、席についているだけでほめられる肉のような生徒だった。見事なまでに完璧な馬鹿だった。そんなこんなしているうちに、受験の日が迫っていた。ようやくやる気を出したときには、一応は受けることになっていた公立の試験に必要な科目を、私立の受験が終わった後の数週間で詰め込む、という奇策を捻り出すしかない始末。しかし結局は、私立の受験が終わった直後に過労で倒れ、公立を受けることはなかった。奇跡的に私立に合格することができて、周囲の大人たちはホッとした様子だった。

なにはともあれ数え年三歳の「人肉」として私は高校に入学したのだった。しかし、そこである衝撃的な出来事が起こった。なんと、告白されたのである。つい最近まで肉だったのに、人としてのキャリアをすでに一五年もつんでいる大先輩に告白される——。奥手どころか、恋愛の回路すら開発されていなかった僕にとって、それは天と地がひっくり返るほどの衝撃的な出来事、いや事件だった。

だからといって、僕が突然モテはじめたなんてことでは決してない。そんな上手い話がこの世の中にあるはずがないので、安心して読み進めていただきたい。この話の主人公はあくまで「人肉」である。

というのも、入学した高校は、小学校からある一貫校で、内部生にとって、高校から進学する外部生が真新しく感じられるだけなのだ。二年生になったとき、この現象は毎年、風物詩のように繰り返されていることを知った。もはやひとつの儀礼のようなものである。

僕に告白してきた女子生徒は、内部生の中でも比較的目立つ、発言力があるタイプだった。はじめは手紙を渡されることから始まり、たわいもない日常の悲喜こもごもが綴られていた。いつも最後に「宮崎くんはどう思う?」と書かれていたが、人肉の僕が人間様の日常に対して物申せることなんて一つもない。何度も返事を書こうと思ったものの、結局、一度も返事をすることができなかった。

東京の大秘境・西多摩出身の僕は、通学に武蔵五日市線というマニアックな路線を使っていた。彼女とは別の路線だったのだが、武蔵五日市線は、拝島駅で一五分くらい停車して発車しないという、こちらもなかなかの肉的な路線だった。発車を待って電車内の椅子に座っている僕に、彼女はここでも日常的なあれこれを飽きることなく話していた。椅子に座った僕は、当時流行っていたクイニーアマンを食べながら、話を聞いていた。

そんなことが続いたある日、彼女はいつもの五日市線の車内から、僕を駅のホームに連れ出した。強引に手を引かれて、柱の裏に連れていかれる僕。「カツアゲされるみたいな状況だな」などと呑気に考えていると、彼女は突然、「付き合ってください」と言ってきた。

青天の霹靂とはこのことである。まさか自分が告白の対象になる「人間」だとは、一ミリも考えたことがなかったからだ。その後のことは、正直、あまり記憶に残っていない。わけもわからず告白され、わけもわからず（ロクに返事もせず）付き合うことになった。

しかし、直前まで肉で、人肉になったばかりの当時の僕にとって、異性交際のハードルは高かった。通っていた高校は最寄駅までの道のりが長い。最短のルートを使っても二〇分くらいかかる。面白いのが、生徒たちから通称「恋人ロード」と呼ばれる道があったことだ。その道を使うと三〇分くらいかかるのだが、そのぶん人気《ひとけ》が少なく、二人の時間を長く楽しめる、というわけである。

僕たちは部活動が終わった後、校舎前で待ち合わせて「恋人ロード」を歩くようになった。僕はそれが「付き合う」ことだと思っていた。ところが、人肉としてはそうであっても、人としては違っていたらしい。

ある放課後、彼女の友人に呼び出されて、「なんで手をつながないの?」と問い詰められた。そういえば、「恋人ロード」で僕の手に触れようとしてきた彼女の手を、驚いて振りほどいたことがあった。あれは、そういうことだったのか。

「次、手をつなごうとしてきたら、絶対に振りほどかないぞ」と、僕は強く心に誓った。自分からつなごうとする発想は、浮かべようにも浮かべようがなかった。それから二週間経って、ようやく僕たちは手をつなぐことができた。

せっかく家の電話にかけてきてくれた彼女をよそに、子機を抱えたまま寝てしまった、なんてこともあった。そのほか、デートをするなど、あれやこれやあったはずなのだが、残念ながらほとんどの記憶がぼんやりしている。いいかげんな文章だなあ、と思わないでほしい。その頃の僕は、どこまでも人肉だったのだから。

そんな中でもよく覚えているのが、「恋人ロード」を歩いているとき、彼女が将来の夢を語り出した日のことだ（思えば、いつも彼女が一方的に話をしていた）。彼女の熱意に心を打たれ、僕は「きっと叶うよ」といつになく力強く言った。彼女は「じゃあ、夢が叶ってわたしが有名になったら、『あれは元カノなんだ』って自慢してね」と返した。今考えると、その頃から気持ちが離れていたのであろうが、当時の僕には気づくことは到底できなかった。

結局、彼女には、付き合って二か月ほどで、駅前のたい焼き屋の前で振られてしまった。理由は、「元カレが忘れられない」というものだった。僕は、告白されて以来、二度目の衝撃を受けた。衝撃を受けたことに対しても、衝撃を受けた。いつの間にか僕は、彼女を好きになっていたのである。

彼女の日常を聞くのが好きだった。短い期間だったが気がついたら、それが自分の日常になっていた。日常が終わることを、どう受け止めていいのかわからず、僕はしばらくふさぎこんだ。しかし、彼女の日常は彼女のものであって、「僕たちの日常」ではない。僕には、「僕たちの日常」をつくることが、最後までできなかったのである。完全なる人になった今ならば、そのことの愚かさがよくわかる。

ちなみに、その元カレは、サッカーのクラブチームかなんかに入っている同じ高校の同級（内部）生だった。当時、日本代表だった中田英寿に似ていて、本人もそれを意識してか、髪型を寄せにきていた。それからの僕は、中田英寿に似た男と出会っても、一切信用しなくなった。

唯一の収穫は、ショック療法で、人肉がより人に近づいたことくらいであろうか。テレビで中田英寿を見るたびに、「いけすかないな」と思うようになったのもこの頃からだったが、「いけすかないな」という感情を抱けるようになったのも、ある意味で、大きな成長である。自分が、いつまで経っても根に持つ陰険な性格の持ち主であることにも、このときに気がついた（その性格は今でもなおっていない）。

兎にも角にも僕のはじめての恋愛は、こうして幕を閉じたのであった。彼女と鼻呼吸を教えてくれた中学生時代の担任には、感謝してもしきれない。

4章　弱くある贅沢

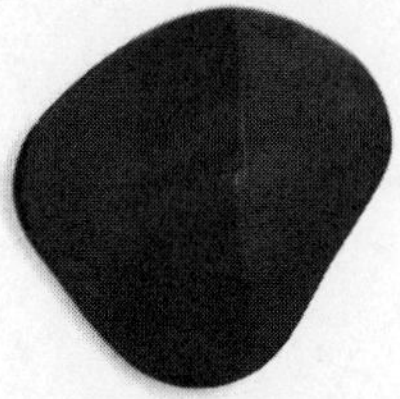

「細マッチョ」をめぐる冒険

年の終わりが近づくと、雑誌「ターザン」を買いたくなる。翌年の目標を立てはじめる時期であり、来年こそは健康的な生活を送ろうと思うからだ。年末には格闘技やアスリート系の番組がテレビ放送されることも重なって、筋トレ熱がふつふつと湧きはじめるのである。

ところが、この筋トレが続かない。球技などの対戦型スポーツは、相手との駆け引きがあるから少しは楽しめるのだが、ただ単に体を動かすエクササイズや筋トレといった「自分と戦う系」はどうも苦手。格闘技も自分でやろうとは思わない。そんな根性や度胸はどこにもない。

そんなんだから、年末にかけて盛り上がる筋トレ熱は、たいてい一か月もすれば冷めてしまう。「ターザン」で紹介されている筋トレを最後までこなすこともない。まあ一か月でもやらないよりマシか、と自分を慰めていたが、最近はそうも言っていられない状況になってきた。

気がつけば、もう四〇歳手前である。ぼちぼち体の不調を訴える友人が増え、会食しても健康の話題ばかりだ。ジムに通ったり、ランニングをはじめたりする友人も多く、みんな体を鍛えはじめている。

そんななか、僕は「細マッチョ」という概念に、自分でもうろたえるほど惹かれている。細マッチョとは、いったいなんなのか。なぜこんなにも熱狂してしまうのか。順を追って説明していこう。

まず、僕は二〇一八年、例年なら「ターザン」を買う年末に肋骨を折った。引っ越し作業中のことだ。重たい荷物を頑張って運び、新居に家具を配置するなどした結果、名誉の負傷をしたのだろうと思うかもしれないが、そんな話ではまったくない。実際にはこんな感じだ。

引っ越し当日、新居には荷物が夕方に搬入された。準備で疲れていたこともあり、最低限の荷解きをして早々と寝ることにした。しかし、どうも部屋のなかがうるさい。外の騒音がやけに大きく聞こえてくる。新居は首都高速道路が近いため、二重窓になっていたのだが、室内側の窓が開いていたのである。寝る前に閉めなければいけない。

窓の前には段ボールが積まれていた。その段ボール越しに手を伸ばし、窓を閉めようとしたその瞬間、ゴリッという鈍い音がした。「痛て！」。僕は、思わず叫んだ。しかし、すでに疲れは限界に達しており、眠気に身を任せ、そのまま寝てしまった。

次の日、起きたら痛みがまだ残っていた。しかも徐々に強くなっているような気がした。そう訴えても、あまりに間抜けな理由のために妻は信じてくれなかった。僕も信じていなかった。

ところが、痛みがおさまる気配はまったくない。焦りが僕を襲った。時計を見ると、午後五時半を過ぎている。そろそろ外来診療が閉まってしまう時間である。僕は、妻を説得する時間はないと判断し、スマートフォンで近くの病院を調べて、ほとんど無言のまま家を飛び出していった。全治三か月だった。肋骨は意外と折れやすいのだと後から聞いたものの、あまりの脆さに我ながら呆れた。そして、地道に開封作業を続ける妻から白い目で見られる日々が続くのであった。

長々と書いてきたが、この悲劇の裏にはもともと少し前からずっと肩の痛みが続いていて、処方された痛み止めを飲んでいたということがあった。だから、骨を折ってもすぐには気づかなかったのだ。

そもそもなぜ肩が痛い、というかあちらこちら痛いのだろうかと、素人ながらに分析してみると、僕は姿勢が悪いのである。昔から猫背を直せと親に叱られていたが、意識してもなかなか直らない。今の仕事に就いてからは、資料を読むことが増え、平気で一〇時間以上もベッドで寝転がっている。これでは、さらに姿勢が悪くなるどころか、健康にもよくなさそうだ。気休めにマッサージ店に行ってみても、その直後数日間がラクになるだけで、根本的には解決しなかった。

そんなわけで、思い切って姿勢矯正を謳う整体に行ってみることにした。インターネットで調べてみると、近くにモデルやアスリートなども通っているという、意識が高そうな整体院があった。なるほど、モデルも通っているのか。さすがは大東京。姿勢が直れば、スタイルがよくなって、カッコよく見えるかもしれない。思ったよりも高額ではないし、初回のクーポンも使える。よし、いけるぞ！

僕は、すぐに予約を取って、整体院に向かった。マンションの一室というのも、いかにもプライベートサロン感があって期待できる。壁には、モデルやアスリートの写真が並んでいる。担当してくれた整体師は体を触ったり、写真を撮ったりして、僕の姿勢を点検した。どんな魔法のような施術をしてくれるのだろう。期待はピークに達した。しかし、それとは裏腹に整体師は少し渋い顔をしていた。

「施術は精一杯しますけど、そもそも筋肉が極端に少ないので、すぐ戻ってしまいますよ」

なるほど、筋肉か。やっぱり「ターザン」だったか。振り出しに戻った感じがあるが、面と向かって言われると説得力がある。結局は、筋トレから逃れることができないのだ。しかし、である。壁に貼ってあるアスリートの写真を眺めていると、どうも違和感を覚える。「ターザン」にも同じ思いを抱いていた。その正体はなんなのか。

そう、僕はマッチョになりたくないのである。

これは、自分でもうまく説明しづらいのだけれども、大学生までは身長一七八センチで、体重は五〇キロくらいしかなく、レディースのパンツしか穿けなかった。そのときは、ひ弱な自分を気にして気休めにプロテインを飲んだりしていたものの、歳を重ねるにつれ、人より成長が遅かった三月生まれの僕も、徐々に男性らしい体型になっていった。それを実感したとき、なぜか強い嫌悪感を覚えたのだ。

もともと体育会系的なノリは好きじゃないし、争いを好まないので殴り合いの喧嘩なんて絶対にしない。頼もしさがないと言われることもあるけど、いわゆる男性的な頼もしさを求められること自体が嫌いだった。

男性は機械と地図に強いと思われがちなのも納得がいかない。機械音痴、方向音痴の僕からすると、そんなことを性差で語られても困るだけだ。とくに方向音痴は筋金入りで、店から出たらどっちから来たのかわからなくなり、平気で道を逆に行く。地図アプリのナビゲート機能を使っても、三半規管が弱いから画面を見ているだけで酔う。そのせいでタクシー移動が増え、出費が馬鹿にならない。

話を戻すと、そんな頼もしさの欠片もない僕は、自分の身体が頼もしくなることに強い違和感を覚える。下手にマッチョになって、頼り甲斐があるなんて思われたら最悪だ。絶対に頼られたくない。

もちろん、真剣に筋トレに取り組んでいる人に言わせれば、そう簡単に人はマッチョになったりしない、ということなのだろう。科学的にトレーニングし、食事や休息に気を使ってもなお、筋肉は簡単に肥大化したりはしないと聞く。しかし、それでも目的が筋肉美を目指すための訓練なのだと思うと、テンションが上がらない。

そうか。書いていて気づいたけど、だから僕は筋トレが続かなかったのだ。僕がことさら人よりも怠惰だからなのではなく、思想信条としての筋トレに、どうしても気乗りし切れないのである。なりたくないマッチョを目指すために、わざわざ汗水たらして努力なんかしたくない。

そんなときである。ある画期的な解決策が舞い降りてきたのだった。

細マッチョ——

天啓のように、言葉が頭の中に浮かんだのだ。そうだ。そういえば、日本には細マッチョという概念があるではないか。細いのにマッチョ。マッチョなのに細い。「小さな巨人」みたいな撞着語法をはらんだ概念だが、細マッチョという言葉には、僕のような生き方自体に矛盾を抱えた人間は、一種抗いがたい誘惑を覚える語感がある。

そうか、僕は細マッチョになればいいのか。細マッチョだったのか。なにを今さらと思うかもしれないが、目的自体に違和感を覚えていた今までよりは、目指すべきゴールが魅力的なだけに、モチベーションを保つことができるはずだ。僕は細マッチョになろう。

そうと決まれば、行くべきところは決まっている。明治時代からの雑誌が収蔵されている大宅壮一文庫である。無駄な部分だけ勤勉な僕は、まずは細マッチョの歴史について調べることにした。細マッチョという概念を、なんとしても自分のものにするために。

事前にネットで調べたところによると、二〇〇九年三月一七日に発売されたサントリーの「プロテインウォーター」のCMが、細マッチョの起源だという説がある。中村獅童と松田翔太などの細マッチョ軍団が、ヴァン・マッコイ「ザ・ハッスル」の軽快なリズムにあわせてゴリマッチョ軍団と対峙するという内容である。しかし、この説は正しくないことが、すぐにわかった。なぜなら、遡ること三か月前、「ターザン」二〇〇八年一二月二四日号で、「細マッチョ」という言葉が使われているからである。僕は、本当に冴えている。やっぱり「ターザン」だった。はじめから答えにたどり着いていたのだ。

で、そのターザン先生によると、筋トレの肝は、自分の体型から「なれるカラダ」を目指すことであり、日本人の平均体型なら引き締まったボクサー体型である細マッチョを志向するのがいいそう。細マッチョは、流行の服をお洒落に着こなせる体型でもあるらしい。太りたくても太れないガリガリ体型の人は、「スキニーマッチョ」を目指すべきとあるが、この言葉はあまり定着していない感じがする。

そして女性週刊誌のグラビアに細マッチョがはじめて登場したのが、「女性セブン」の二〇〇九年八月一三日号。山Pこと、当時二四歳の山下智久が、細マッチョな上半身の裸体を披露している。また、同誌二〇〇九年九月二四日号では、亀梨和也が細マッチョとして肉体を露わにしている。「女性セブン」は、細マッチョがとにかく好きである。

そのほかにも、さまざまな雑誌が細マッチョを特集しているが、その努力が実ったのか、二〇一〇年一月二七日号の「an·an」では、好きな男性の体格ランキングで、細マッチョが堂々の一位となっている。

いわく「脱ぐ前は細いから少年ぽい→脱ぐと筋肉質。それがドキッとする」(二九歳・事務)なんだそうだ。ちなみに、細マッチョは男性だけのものではなく、「ターザン」二〇一〇年九月二三日号では、「男も女も細マッチョ!」という特集が組まれていることも、付け加えておきたい。さすがに、ターザン先生は企画の射程が広い。

もうこれで完璧だ。細マッチョについてのすべてがわかった。細マッチョを自分のものにし、細マッチョ博士になったも同然である。

と、胸をなでおろしたところで、肝心なことに気がついてしまった。そう、まだトレーニングをしていないのである。僕の大っ嫌いな、あの「自分との戦い」という名の苦行をまだしていない。

しかし、ターザン先生を読んでも、「細マッチョになるには、緩んだ筋肉を鍛える筋トレと、無駄な体脂肪をがんがん燃やす有酸素運動（エアロビクス）がダブルで必要」、忙しい人は筋トレとエアロを合体させ、数種類の筋トレを休みなく続ける「サーキットトレーニング」がお勧めなどと書いてある。ターザン先生は、いつも厳しい。

これでは、結局、トレーニングが続かないではないか。買って、すぐにやめてしまうの繰り返しになってしまうだろう。そう危惧した僕は、ネットや書籍を読みあさり、自分にも続けられそう、かつ細マッチョになれる方法を探すことにした。

ところが、世の中はいつも僕に冷淡である。細マッチョへの道は険しく、これまでのように続けることが難しいものばかりだ。「細」というスタイリッシュな語感に惑わされていたが、結局は「マッチョ」なのには変わりなく、むしろ「マッチョ」こそが本体なのである。やっぱりサーキットなるものをやるしかないのか。そんなことをするくらいなら、今のままでいいやと思ってしまいそうになる。

そんなとき、見つけたのが「ラクダのポーズ」だった。膝で立ち、体を反り返して両手でかかとを掴むポーズである。調べたところによると、ヨガのポーズの一種だという。サンスクリット語名「ウシュトラ・アーサナ」。神秘的な感じが、僕の心を妙にそそる。

しかも、ある書籍によれば、姿勢改善に効くと書いてあるではないか。そう、姿勢矯正。僕が、体を鍛えようと思った動機の一つである。これで完全につながった。きっと、僕はラクダのポーズに出合うために、わざわざ八幡山の大宅文庫まで行ったのである。

そして、なによりもラクダのポーズは、「この動き単体でも姿勢改善に効く」という。これならサーキット云々なんてまどろっこしいものをやる必要がないではないか。僕の知識によると、「単体」とは「すべて」のことである。一はすべてを兼ねる。つまり唯一無二と同義であり、これだけやっておけば、きっと細マッチョになれるはずだ。

そして、姿見の前に陣取り、僕は勇んでラクダのポーズをキメてやったのだった。

鏡には、まさに神秘的な光景が映し出されていた。ぎこちなく反り返り、ぷるぷると震えながらかかとを摑む三八歳男性（バツイチ、アルコール依存症で断酒中）。横では、普段はおとなしい愛犬ニコルが気が狂ったかのように吠えている。あまりに神秘的な光景に、彼女のなかの野性が目覚めてしまったのだろうか。もしかしたら、人間には見えない、この世ならざるものの存在が見えているのかもしれない。

僕も僕で震えが止まらない。思ったよりもつらいが、たしかに手応えがある。全身の筋肉がわななき、細胞にエネルギーが巡っている気がする。これなら細マッチョも本当に夢ではないかもしれない。ラクダのポーズ、すごい。僕は、ついにたどり着いたのだ。

唯一の欠点は、どうやったら元の姿勢に戻れるのかわからないということだった。愛犬は、なおも吠え続けている。書籍を見て、戻り方を確認したいものの、ラクダのポーズから動くことができない。僕は、このまま一生、ラクダのままなのであろうか。しかし、そこは細マッチョ博士である。とっさの機転をきかせ、横に倒れる方法によって無事にラクダから人に戻ることができた。

あとで書籍を読み返してみたけれど、そこには「戻り方」なんていう気の利いたことは一行も書いていなかった。みんなどうやって戻っているのだろう。ラクダのポーズの前に紹介されている膨大な量のエクササイズをマスターしてから、ラクダになれとでもいうのか。もし、そうだとしたら、僕はラクダを買いかぶり過ぎていた。

当然だが、「脱ぐと筋肉質。それがドキッとする」(二九歳・事務)なんてことにはならず、「また怪我されたら大変だから」という妻のまっとうな一言で、ラクダのポーズは禁止されてしまったのであった。

ヨガを習ってみようかな、なんて最近では思っている。ヨガも意外と筋肉を使うことだけはわかったので、細マッチョになれるかもしれないし、ヨガをやっている人はみんな姿勢がいい。そんなことを考えながら、いつの間にかまた一年の終わりを迎えているのだろう。

クローゼットの中の時間

ケンイチに会うたびに、「こいつ、恐竜の赤ちゃんみたいな顔してるな」と思う。思い出すのは、幼いときに観た『REX 恐竜物語』という映画。僕とケンイチと同い歳である安達祐実の好演が、可愛らしい恐竜のレックスとともに記憶に残っている。

さすがに最近では少しおじさんになってきたが、二〇代後半くらいには見える。そのことを女の子に指摘されても、興味なさそうに受け流しているけど、まんざらでもない様子が僕には手に取るようにわかるため、心の中で「恐竜の赤ちゃんだけどな」とツッコミを入れている。

三八歳、独身。趣味は音楽とファッション。そんなケンイチと出会ったのは一七歳で、同じ大学受験の予備校に通っていたことがきっかけだった。かれこれ二〇年以上の付き合いになる。

出会ったとき、ケンイチは金髪だった。当時、彼が組んでいたバンドのライブに誘われ、受験生なのに国立市のライブハウスまで観に行ったことがある。小柄で細身な体で、ここまで大きな叫び声が出るものなのかと驚いたものだ。悔しいけれど、カッコいい奴だなと思ってしまった。

その後、別々の大学に進んでからも、予備校時代の仲間とともに、友達の関係が続いていた。最近では、音楽フェスやキャンプに一緒に行く仲でもある。そんな過程で、当たり前だが、当初のイメージは変わっていった。こいつ、なんてうだうだした奴なんだろう、と。

二〇歳のとき、僕とある女性とが幹事になり、お互いの友達を呼びあって合コンすることになった。まだ若くて元気だった僕は、所沢という辺鄙な場所で挙行されたその合コンをなんとか盛り上げようと必死に取り仕切った。しかし、ケンイチは端っこでちまちまお酒を飲んでいるだけ。家から遠いところで開催していたこともあり、結局、その合コンは二次会もないままお開きとなったのであった。

ところが翌日、女性幹事のもとに、参加したある女の子から連絡があった。ケンイチくんのことが気になるから、メールアドレスを教えてほしい、という。恋愛に奥手だったように見えたケンイチにチャンスが転がり込んできたと喜び、僕は女性幹事にケンイチのメールアドレスを教えた。そのことを伝えると、なんとケンイチも「俺も、あの子のことが気になっていたんだよね」と言うではないか。現場では、あんなにだんまりを決め込んでいたくせに。

しかし、その子からケンイチにメールがくることはなかった。たいして盛り上がりもしなかった合コンにめげず、ちゃっかりその子のアドレスを聞いていた別の男と付き合うことになったのである。その男は、ケンイチのバンドメンバーだった。ケンイチは愚痴をこぼしていたけれど、別に取られたわけでも、抜け駆けされたわけでもない。ケンイチとその子との間にはなにも起こっていないのだから。ただ単に、その男が積極的に頑張っただけである。ケンイチも悠長に待っている暇があったら、自分から連絡をするべきだったのだ。

二五歳くらいのとき、ケンイチは珍しく自分から恋をしていた。相手は、僕の小学生の頃からの幼馴染。周囲の友達も、なんとなく二人がいい感じだということはわかっていたので、いつものごとくのらりくらりとしているケンイチにヤキモキしている様子だった。

たまりかねたお節介な僕は、その子に「ケンイチのこと、どう思ってるの?」と聞いてみた。すると、「わたしはいいなと思ってるんだけど、ケンイチくんがどう思っているのかいまいちわからなくて」と言った。僕は、酒を飲んだオール明けの元日の早朝、駅のホームでそのことを伝えた。「今すぐ気持ちを伝えるべきだよ」と。

三日後、その頃僕たちの恒例行事になっていた高尾山登山でケンイチと会った。ケンイチはなぜだか高いところが大好きで、高尾山の山頂からの景色を眺めながら、「やっぱり高いところにくると気持ちいいよな」と呑気に恐竜の赤ちゃんの目をしていた。結局、何か月も気持ちを伝えるのを躊躇しているうちに、その子も別の男と付き合って、そのまま結婚した。まあ、だいたいそんな感じである。

そんな腐れ縁が長く続いているケンイチとも、実は二人きりで会って話したのは人生で二度しかない。

一度目は、二〇代の後半に差し掛かった頃。突然、「今から飲まない？」と連絡があったのだ。当時、アルコールに溺れていた僕は、酒が飲めるならいつでも、どこでもといった感じだったので、とくに深く考えずに高円寺の安居酒屋に向かった。

二時間くらい飲んでいただろうか。ほどんど酒を飲めないケンイチは、いつものように「あ～」「う～」という歯切れの悪い間投詞を交えながら、たわいもない世間話をしていた。こいつは、なんのために僕を呼んだんだろう。たしかに仲はいいが、酒が弱いケンイチが、わざわざ僕を呼び出したからには、なにか理由があるはずだ。

次第に訝しく思い始めた僕は、酩酊する頭をなんとか現実とつなげて、ケンイチの言わんとしていることを読み取ろうとした。それでわかったのが、ようは仕事に悩んでいるらしいということだった。

ケンイチは大学を卒業したあと、音楽の仕事に就かず、営業職として働いていた。とくに不満はないのだが残業が多く、宅録（自宅録音）の時間が取れないというのだ。バンドをやめてからも音楽を続けていることは知っていた。しかし、そのときに聞いた話によると、宅録した音源をネットで公開し、海外からのコメントももらっているという。ケンイチは今の職場を辞めて、残業がなく宅録の時間が取れる職場に転職するべきかどうか悩んでいたのである（たぶん）。

その頃、僕は昔からの夢だった文章を書く仕事に就き、アルコールに溺れながらも早く成長したいともがいていた時期だった。だから、ケンイチの選択に半分は同意をしつつ、「もっと思い切って環境を変えるべきなんじゃないか」「音楽一本で挑戦してみてはどうか」とせっついたことを覚えている。しかし、ケンイチは転職し、仕事をしながら宅録を続けることを選んだ。

その後もケンイチが音楽とどのように向き合っているのか気になってはいたが、なにしろ自分のことだけで精一杯だったから、深く語り合うことはなかった。たまに会ってみんなで遊んだり、酒を飲んだり（僕は依存症になったり、離婚したり）と、友達関係は続いた。

そういう僕も、自分の企画としてはじめて単著を出したのが三六歳の時だったのだから、二〇代で華々しくデビューした同業者からすると、のんびりした奴だと思われているのかもしれない。でも、別にのんびりしていたわけではなく、ただただ愚鈍さゆえに自分の目で世の中を見て、少しはなにかが語れるようになるまで時間がかかっただけである。自分なりに生き急ぎ、身も心も削りながら全力で走ってきたと思っているけど、僕もまだ何者でもなく、たいしたこともない。

ただ、単著を出してからは、ありがたいことにメディアに出演したり、取材されたりする機会が増えた。そこで思い出したのは、ケンイチは音楽だけでなくファションも好き、ということである。ケンイチはシンプルながらもどこか惹かれるところがある服を着ていて、サイズ感も色合いも雰囲気にぴったりあった着こなしをしている。

メディアに出るならもっとお洒落をしなければと思った僕は、ケンイチに「いつもどこで服を買ってるの？」と聞いてみた。ケンイチは、渋谷にあるセレクトショップを教えてくれた。そこは自店のブランドも扱っていて、雑誌などの取材もほとんど受けない小さな店だという。しかも、なんとケンイチは、一五年間もの長きにわたり、その店でしか服を買ったことがないという。長い付き合いなのだから、普通なら世間話でそのことをぽろっと言いそうなものだが、そのときはじめて知った。いかにもケンイチらしい。余計に興味が湧いてきた。ファッションにはうるさいケンイチのことだから、どうせお高い服しか置いていないんでしょとも思ったが、ネットで調べてみた限りでは、意外とお手軽な値段の服が揃っているようだった。

僕はすぐに渋谷にあるその店に向かった。通りに面しているものの、すぐには見つけにくい構えをしていて、何度か店の前を通り過ぎてしまった。スマートフォンで場所を確認し、やっとの思いでたどり着いた僕は、ちょっとだけ緊張しながら、その店に入った。

入り口で店内の様子をぐるりと見渡した。狭い店内には、秩序立ってシンプルな服が並んでいる。歩を進め、店の奥に足を踏み入れようとした。が、その瞬間、僕は軽い眩暈を起こして、その場に立ちつくしたまま一歩も動けなくなってしまった。まるで、ケンイチの家のクローゼットにいるかのような錯覚に陥ったのである。

数日後、ケンイチからふたりで飲もうという連絡があった。人生で二度目のお誘いである。その日はあいにく仕事が詰まっていたため実現はしなかったが、後日、ケンイチから同じ連絡があった。

一〇年ぶり二度目となるふたりでの会合。昔と違ってケンイチは、少しは酒が飲めるようになっていて、断酒を続けている素面の僕を連れながら、いきつけの店や気になる店を何店舗か案内してくれた。

僕は、ケンイチがなにを相談したいのかだいたいわかっていた。どうせケンイチのことだから、すぐには切り出さないということも。

ケンイチはまだ宅録を続けているらしかった。一時期はスランプに陥ってやめてしまっていたものの、今はネットで知り合ったその道のプロの人に直接教えてもらい、さらに腕を磨いているらしい。人が誰かになにかを相談するときは大抵そうだが（とくにケンイチは）、相談するときには、すでに本人の気持ちはだいたい固まっているものである。背中を押してほしいのだ。だから、僕は以前のように「思い切って環境を変えて、音楽をやってみたらどうか」と言った。

実際に、今では大きなビジネスにしなくても、個人のユーザーに直接、表現物を届けられる環境が整いつつある。音楽は文章と違って、言語の壁に縛られることもないのだから、それこそ海外市場を開拓してみてはどうか。教えてもらっているプロの人にお願いして、ツテを頼ってみるくらいの図太さがあってもいい。同い歳の安達祐実だって、新しいことに挑戦してさらに輝きを放っているではないか、と。

二〇代の頃より少しは世の中がわかってきた僕の言葉には、以前のような確信はなかった。自分自身への確信も、せっかちさも、歳を重ねるたびに少しずつ薄れていった。でも、一五年以上も同じ店の服を着て、ひとりで宅録していた目の前にいる男への見方は変わっていた。

あの、渋谷にある店に足を踏み入れた瞬間、僕は時間のくぼみに嵌まってしまったかのような感覚におそわれた。しっかりした生地に、しっかりとした縫合がほどこされたシンプルな服の数々。そこには、僕が感じていた（と思っていた）時間とは、別の時間が流れているような気がした。急速な激しい時間の流れとは縁がないが、滞留している、では決してない。積み重なっている、とも違う。

家に帰って、ケンイチがネットに公開している音源を聴いてみた。アーティスト名は、「different calf」。僕は音楽に特別詳しいわけではないから、ケンイチの音楽がどれくらいのものなのか、正確に判断することはできないけど、ケンイチが自宅で録音した音楽を聴きながら、僕はまた「時間」について考えた。そこには、ケンイチの時間が流れているような気がした。

吉田健一の批評に『時間』という作品がある。エッセイや小説と称されることもあるが、僕は吉田が晩年に摑んだ人生や文学に対する「批評」だと思っている。『時間』はこんなふうに始まる。

冬の朝が晴れていれば起きて木の枝の枯れ葉が朝日という水のように流れるものに洗われているのを見ているうちに時間がたって行く。どの位の時間がたつかというのではなくてただ確実にたって行くので長いのでも短いのでもなくてそれが時間というものなのである。

そして、そのすぐ後にこうつづく。

（…）我々が時間とともにあると正当に呼べる状態にあり、我々のうちにも時間があってそれが殆ど我々をなしているものの凡てと思える際にその状態を検するならば時間がたって行くのではなくて我々が或る場所、現にいるその場所にいるのを感じる。又それが時間がたって行くことなので我々が急いで何かしていて時計を見て急いでも間に合わない気がするというようなのはその早さで時間がたつということでなくて我々の方で時間の観念を失っていてそのことに脅かされているのである。

時間は、時計の秒針が正確に時を刻むように経っていくのではなく、僕が感じている時間を、誰もが感じているわけでもない。我々が或る場所、現にいるその場所にいる——。僕がケンイチの音楽や、あの渋谷の店から覚えたのは、そういった彼らの感覚だったのかもしれない。やっぱり僕は愚鈍で、なにかを摑むのに時間がかかる男なのだ。まあ別にそれでもいいや、と最近では思う。

今でもケンイチに会うたびに、「こいつ、恐竜の赤ちゃんみたいな顔してるな」と思うし、なんてうだうだした奴なんだろうとも感じる。これからケンイチが、どのような道を歩むのかもわからない。ケンイチには、ケンイチの時間があるのである。ただ、次に両想いの女の子が現れたら、今度こそちゃんと気持ちを伝えろよ、とは友達として思っている。

＊引用、参考文献
『時間』（吉田健一、講談社文芸文庫）

弱くある贅沢

愛犬が可愛くて仕方ない。愛犬を飼って驚いたのが、当たり前のことだけど、ペットには生活のほとんどが自分で出来ないことだった。エサ、排泄の処理、散歩などなど、基本的には飼い主まかせ。しかも我が愛犬は通称「ダラけいぬ」であり、最近では仰向けで寝て、挙げ句の果てには毛布に埋まり、広がった両足だけを外に突き出す。まるで、映画『犬神家の一族』の「スケキヨ」みたいである。いくらなんでも、さすがに油断しすぎだ。こいつ自然界だったら生きていけるのだろうか、と心配になる。

もちろん、ペットなんだからそれでオッケーなのだ。野生に戻るなんてことはない。しかし、末っ子長男として育った僕は、ペットを飼うことによってあらためてそれを実感し、衝撃を受けたのだった。「生まれてはじめて、自分がいなければ駄目なやつが現れたぞ！」と。

愛犬のすごいところは、徹底的に「弱い」ところだ。人間との歴史によってそうなっていったにせよ、その弱さは衝撃的であり、またたまらなく愛おしいところでもある。犬は賢い動物で、飼い主が元気のないときにはしばしば寄り添ってくれる。愛犬の前では、なぜだか自分の弱い部分を素直に出せる気がする。弱い僕らは支え合って生きている。

長年、僕がずっと考えていることについて書きたいと思う。それは、人間の「弱さ」についてである。この厄介な問題は、僕の人生をいつでもどこでも付いてまわり、「弱さ」についての文章を書こうと思って、深夜に書きあぐねている今もまだ考え続けている。

僕が気になっている「弱さ」とは、理性や知性で了解したとしても、どうしてもそういうふうに生きたり、行動したりできない人間の愚かさのことである。僕に限らず、誰もがそういう「弱さ」を抱えていると思う。だから、あらためて書くことではないのかもしれないし、普遍的な言葉をつむぐのが難しい問題でもある。それでも、この「弱さ」について言葉で表現したい気持ちは常にある。

「弱さ」について考えるとき、こんなことを思い出す。

昔の職場で、上司同士がなにかのトラブルで険悪になり、片方の上司がまわりに相手の悪口を言い回った。その上司は発言力のある、いわゆる「声が大きい人」だったため、周囲は悪口を言われている上司を避け始めた。そもそもどっちが悪く、争いの種をまいたのかまではわからない。しかし、客観的に見れば、どう考えても最後は一方的ないじめだったと思う。

僕は、相手の上司とも仲が良かったから、いじめには加担せずいつものように接した。大人になってまでも、そんなことをしている人たちを、心底くだらないと思った。信念として、弱い者いじめには、意地でも抗いたかった。だけど、相手に事情を聞いたり、いじめを解決しようとしたり、起こっていることを部門長に報告したりはしなかった。相手の上司は、数か月後に会社を辞めていった。

今になってみれば「なんで、あのとき一言……」と、我ながら情けなくなる。だが、当時はまだ二〇代前半で社会人になったばかり。職場での立場や当面の生活を考えると、信念を貫き通すことができなかった。無意識に僕もいじめに加担していた。信念と保身を天秤にかけて前者を選ぶことが、僕にはできなかったのである。

正義を標榜することはたやすい。しかし、正義を貫きとおすのには胆力がいる。信念を掲げても、言葉が、体が瞬間的にはそう反応しない人間の「弱さ」。観念的な信念は、生活の利害関係と衝突すると脆く崩れ去る。僕の人生は、それの繰り返しだ。

結婚についても考える。僕は離婚するまで、まさか自分の人生に「離婚」という言葉が登場するとは思ってもいなかった。そんなに上等な家族観を持ち合わせていたわけではないけど、なんとなく結婚したら死ぬまで添い遂げるのが普通だと思っていた。結婚という制度とはそういうものなのだと深く考えもせずに信じ込んでいた。

だが、婚姻届を出したからといって「今日から、僕は夫です」と社会的な役割や期待を引き受ける……、なんてことにはビックリするほどならなかった。制度はあくまで制度であって、人と人との営みを一つの形態に当てはめたものが結婚という制度に過ぎないからだ。その形態に当てはまらない夫婦だっていくらでもいるし、制度の不足分を補う約束を作ったとしても、そのとおりに心が駆動するとは限らない。

たとえば、渡辺ペコの漫画『1122（いいふうふ）』で描かれている「婚外恋愛許可制」について考えてみる。ささいなすれ違いでセックスレスとなった主人公の夫婦は、家庭外での恋愛を許可するルールを作った。はじめのうちは上手く機能し、むしろ夫婦仲は深まったくらいだったが、そのうちその制度は脆くも破綻する。人間の「弱さ」について勘案していなかったことが一因だ。ふたりで話し合い、理性で作った制度なら完璧だと思っていても、人間の「弱さ」を前提としていないものは、砂上の楼閣とほとんど同じである。

なにより人間は変わる。一方で結婚は、基本的には何十年スパンで考えなければいけないものである。主義や価値観が合った夫婦同士でも、時が経てばお互いどうしようもなく変わるし、老いもする。実際に、実家に帰ったら親が極端に偏った政治思想を持つようになっていて驚いた、なんてことはそこら中で起こっている。ひとりの人間の主義や価値観は不変ではない。

僕は、離婚を経験するまで自分は心が強い人間だと思っていた。どんなことも理性と知性の力で乗り越えられると信じていた。そうできない人は、努力が足りないのだと思っていた。もしかしたら、今でいう「自己責任論」なんかにも加担するタイプだったかもしれない。

しかし、すでに述べたように離婚により心は簡単に崩れ、たくさんの人やものにすがった。そのひとつがアルコールである。この「魔法の水」の前でも、僕は徹底的に弱くて無力な存在だった。

そもそも父方の家系は大酒飲みが多く、「宮崎家の男は、酒に溺れると四〇代をまたげない」と、父から耳がタコになるくらい聞かされていた（陽太郎じいさんのように例外もいるのだが）。酒を控え、健康的な生活を心がけていた父も、七一歳で亡くなってしまった。にもかかわらず僕は、二度もアルコール性膵炎で入院するまで、酒を三六五日、休みなく飲み続けていた。そんなんだから、とくに離婚してからは、常軌を逸した飲み方をするようになっていった。

ここで厄介なのは、医学的な真偽は置いておくとして、「宮崎家の男は酒を飲むと体を壊す」という父の知見を、僕は知っていたということである。知っていてもなお、アルコールに溺れてしまった。

父から子への口伝が駄目だったなら、仮にタイムマシーンがあって、僕自身が二〇歳の僕を説得しに行ったらどうだろうか。説得できるだろうか。父の言うとおり、アルコール依存症になって体を壊したという情報を自分に伝えても、「まだ大丈夫」「もうちょっと大丈夫」「あと一年だけ飲もう」と〝知っていてもなお〟を繰り返したように思う。いつの時代も、親は子どもに「勉強しなさい」と言うものだ。

一方、母は「お日様が沈むまでは飲んじゃ駄目」と、僕に常々言っていた。ある日、お日様が沈む前からしこたま飲んでいると先輩から電話があって、実家の前のスナックで合流することになった。おじさんが石原裕次郎を歌っていた。僕もなにかを歌っていた。気づいたら救急車に乗っていて、傍らには母がいた。まさかの「ママからママへ」のバトンパスが行われていたのだ。

若い救急隊員が、「お兄さん、なにを飲んだんですか?」と聞いてきた。朦朧とする意識のなか、「よっ! 平成の裕次郎!!」と合いの手を入れたところまでなんとか時間を巻き戻し、「ウイスキーとテキーラ……とか」と力なく答えた。隊員は呆れた顔をして、「息子さん、お酒は弱いんですか?」と母に聞いた。すると母は「お酒は強いんですけど、心が弱いんです!!」と絶叫したのだった。母さん、ついでに言うと体も弱いです。

なんだか書いていて、僕だけが特別に「弱いやつ」なんじゃないかと思えてきた。しかし、そうだろうか。酒の問題だけをとってみても、アルコール依存症の生涯経験者は一〇〇万人以上いるという。「アルコール依存症の疑い」「問題飲酒者」まで含めると一千万人近くになる。社会環境や法整備、嗜好品への国民的な意識など、いろいろな問題はあるだろうけど、どんなに予防策をとっても一定数、アルコールと上手く付き合えない人が必ずいるように思う。

だから、同業の後輩たちが「仕事が終わったから、今日はこれをキメる」などとSNSでつぶやいて、度数の高いサワーをカジュアルに飲んでいる姿を見ると不安になる。「お酒は一生飲めたほうが楽しいよ」とよく言っているけど、どんなに注意しても常軌からこぼれ落ちる人はいる。危険な側面を理解していても、一定数は「弱いやつ」が出てきてしまう。それは意志の問題であるのかもしれない。けど、誰でも手に入るものである以上、自分が一定数に入らない保証はない。〝知っていてもなお〟そうなってしまう「弱さ」が人間にはある。

信念を持っても貫きとおすことができない。理性や知性で判断しても失敗する。すぐ間違う。そして、それを繰り返す。少なくとも僕は、自分が「強いやつ」だとは、どうしても思えないのである。

とはいえ、僕は生きている。なんだかんだ言っても社会に溶け込んでいる。たぶん。そういう意味では理性が築いた文明のおかげで、僕は存在できているとも言える。たとえこぼれ落ちたとしても、医療や制度、人類が積み重ねてきた知見などが僕を助けてくれた。でも、それはただ単に運がよかっただけだったのかもしれない。

遠藤周作の長編小説『沈黙』は、江戸時代初期の長崎におけるキリシタン弾圧を描いた作品である。同作には、キチジローという人物が出てくる。キチジローは、弾圧下の日本にポルトガルから来た司祭（パードレ）を、日本の信徒たちに引き合わす役割を担うのだが、役人に脅され、買収されて司祭を裏切る。踏み絵もすぐに踏む。信仰を貫いて殉教できるような「強いやつ」ではまったくない。

しかし印象的なのは、司祭が捕まってからも司祭の前に現れ、最後まで司祭にすがり見届けようとしたのは、ほかでもない裏切り者で臆病なキチジローだったのである。いよいよ奉行による肉体的、精神的拷問が激しくなってきた頃、司祭が閉じ込められた牢獄の戸口に再びキチジローは現れる。「俺あ、切支丹じゃ、パードレに会わしてくいろお」と叫ぶが、獄吏から気が狂っている者のように扱われ、取り合ってもらえない。キチジローは、「パードレさま。許して下され」と戸口で絶叫して、こう嘆く。

「俺は生れつき弱か。心の弱か者には、殉教さえできぬ。どうすればよか。ああ、なぜ、こげん世の中に俺は生れあわせたか」

司祭は目をつぶりながら、告悔の秘蹟の祈りを唱える。そして、司祭を五島の信徒に引き合わせ、得意になっていたキチジローを思い出し、「迫害の時代でなければあの男も陽気な、おどけた切支丹として一生を送ったにちがいないのだ」と思うのであった。

キチジローのことを考えると、「弱いやつ」の歴史こそが人類の歴史だったのかもしれない、とも思う。自然の脅威にさらされ続け、また、差別や偏見や権力欲がたくさんの血を流した。それでも歩みを進め、多大な犠牲をはらいながらも、徐々に「弱いやつ」が生きられる世の中に変化していった。過ちを繰り返す弱い人類は、現在も同じことを繰り返している。だけど、少なくとも今の日本では、信仰を理由に拷問されたり、殺されたりすることはない。キチジローと僕との差は、ただ単に「生まれた時代」という運だけである。そして「弱さ」ゆえに生き残ったキチジローこそが、今を生きている僕と地続きの存在なのだ。

理性は少しずつだが、確実に勝利している。さまざまな戦いや試行錯誤を繰り返して。

セツ・モードセミナーの創設者で、ファッション・イラストレーターの長沢節は、戦時中、軍国主義に突き進む日本に反感を抱き、軍事教練を徹底的にちゃかした。その結果、教練不合格になり、希望していた官立の東京美術学校（現芸大）への道は閉ざされてしまった。また、節が雑誌に描く人物画は、国籍不明、痩せて病的、胸に日の丸を付けていないなどの理由から執筆停止となった。戦争画は決して描かなかった。

長沢節は、「弱さの美」を称揚した人物だった。とくに、「細長いスネをもつ優しい男たち」の美を愛した。戦後に書かれた「弱いから、好き」というエッセイの中で節は、

男が強く頼もしいのではなく、孤独で弱い男性の美しさ……それは全く兵隊の役には立ちそうもない男性美。全く亭主の役にも立ちそうにない男性美として、それこそが現代の新しい男性像ではないかといってみたのである。

と記している。

瘦せていて、骨ばったモデルばかりを好み、繊細な美しい線で描く節の人物画には、平和主義や反戦の思いが込められていたのではないかと、僕は思う。今となっては珍しくはないが、マッチョでたくましく、兵役をまっとうできる男性像がよしとされていた時代、またその名残があった戦後間もなくの時代に、「弱い男性美」を描くのは勇気と信念がいる行為だっただろう、とも。

そう思ったとき、ほんのちょっとだけだけど、「弱さ」について違った側面が見えてきた気がした。

キチジローの嘆きや節の美学から僕が受け取ったのは、「弱くある」ことは、とても贅沢なことである、ということだ。とくに、支配される者、虐げられる者にとっては、弱くあり続けられることは、贅沢なことだった。被抑圧者は、絶えず「強さ」か「弱さ」の二者択一を強いられる。そして、ときに「強さ」によって殉死し、ときに「弱さ」によって罪を背負わされ、またときに殺されたりもした。弱くあり続けることは、いつの時代だって困難だった。

考えてみれば当たり前だが、人類にとって、「弱さ」は「強さ」よりも常に先行して存在したはずである。だから、人類は紆余曲折を経ながらも「弱くある贅沢」を求めて、弱くても生きられる社会を目指してきた、と解釈することはできないだろうか。

僕はなにも、「弱さ」に開き直れ、と言っているわけではない。しかし、僕のアルコール依存症も、つまるところ「弱さ」を受け入れられなかったことに原因があったと思っている。体の弱さを顧みず「まだ平気」と父の忠告を無視し、精神的にも弱く、信念を持ち続けることもできないみっともない自分を少しでも「強いやつ」だと思えるよう、酒を浴びるように飲み続けた。酒をやめられたのは、自分の「弱さ」を自覚したときだった。

そして、「弱さ」への自覚は、弱い立場に置かれた者の気持ちに敏感になろうとする第一歩となるのではないだろうか。節の美学は、旧来の特権にしがみつき、「強さ」や頼もしさばかりをアイデンティティにしようとする現代の一部の男性たちに対して、「本当の贅沢を知らない」と警鐘を鳴らしているようにも思う。むしろ、「強さ」を誇示することによって、生きづらさを抱えてしまうのが現代なのであり、男性が「強さ」に固執しなければ生きられない時代は、めでたくもう終わった。ようやく性別に関係なく、誰もがお互いの弱さを支えながら生きていける時代が始まるのだ、と。

弱くあるのは贅沢なことなのに、それを粗末に扱い、捨てるなんてもったいないと思う。男女といった区別なく、ただ単に「人間」として他者を思いやる贅沢を僕は享受したい。

しかし一方で、弱くあり続けることは、二項対立的に判断を求めてくる圧力に対峙し続けなければいけないということでもある。生活や保身のために「弱さ」を選ばなければいけない時点で、「弱くある贅沢」はすでに脅かされている。過剰に「強さ」に固執せざるを得ない状況に置かれるのと同じように、そこには強制力が働いているからだ。「強さ」に固執する人も、裏を返せば「弱さ」を抱えている人だとも言える。

自分の美しいと思うものを、踏みにじらないでも生きていけること。あらゆる二項対立を超え、人間が人間であり続けられること。人間の「弱さ」に敏感で、それについて常に思考し続けること。それこそが真の意味での「弱くある贅沢」だと僕は思う。

そのために、僕はなにができるのだろうか。

遠藤周作は、殉教した強者だけではなく、踏み絵を踏んでしまった歴史が隠蔽する弱者にも声を与えたかった、ということが『沈黙』執筆の動機のひとつだと語った。強くもなく、英雄でもなく、弱くて、脆くて、壊れやすく、ときに過《あやま》つ存在。現時点での人類の理性だけではこぼれ落ちてしまう「弱いやつ」の声を、僕もすくい上げていきたいと切に思う。

なにせ、僕自身がその「弱いやつ」なんだから、なんとも心許ないけれど、贅沢であるがゆえに、その時代を生きる困難さを抱えた「弱いやつ」は、ある意味、未来の贅沢を先取りした存在だとも言える。だから、やってみる価値はあると思っている。

その先にある、さらなる「弱くある贅沢」のために。

＊引用、参考文献

『1122』（渡辺ペコ、講談社、モーニングKC）
『沈黙』（遠藤周作、新潮文庫）
『「沈黙」について』（遠藤周作、1966年6月24日 紀伊國屋ホール講演音源、新潮社）
『細長いスネをもつ優しい男たちの中で』（長沢節、文化出版局）
『弱いから、好き。』（長沢節、草思社文庫）
『長沢節物語 セツ学校と仲間たち』（西村勝、マガジンハウス）
『長沢節 伝説のファッション・イラストレーター』（内田静枝編、河出書房新社）

僕の好きだった先輩

まだ僕が会社員だった頃、ある男性の先輩にこんな話を聞いた。地方の小学生だった先輩は、姉からもらったおさがりの赤いカーディガンを着て登校したことがあるという。姉がお気に入りだったカーディガン。意気揚々と校舎に入ろうとしたところ、男性の先生に呼び止められて、「男のくせに、赤いカーディガンなんて着やがって！　家に帰って着替えてこい」と怒鳴られ、頭を殴られたというのである。

僕は、この話にこれまでの人生にないほど、強い憤りを覚えた。いくら古い時代のことだったとはいえ、さすがに理不尽すぎる。なぜ、男が赤いカーディガンを着てはいけないのか。むしろ、お洒落でイケているファッションではないか。この文章を書いている僕も今、ピンクのTシャツを着ている。先輩は非常にリベラルな人で、自分の意見を人に押し付けるタイプでもない。社会人の生活がまだままならない僕を、趣味のジャズライブによく連れて行ってくれたりして、「大人」になることの楽しさを教えてくれた人でもあった。

僕は、この事件を通して、あることを体感的に学んだ。違和感を言語化しなければ、いつのまにかそれが是とされ、自分も周囲の人間もなんとなく受け入れてしまうということを。違和感を言語化して、議論の俎上に載せることが、まずは重要だということを。当然、「赤いカーディガン事件」は、ジェンダーの問題でもある。現代社会で議論されるべき、重要な問題だ。しかし、当時はそれを言語化して議論することが、今よりも少なかったのである。

マスコミの仕事を長くしている今の先輩ならば、その男性教員にいくらでも反論できるだろう。しかし、当時はまだ小学生の子どもである。おかしいと思っても、どうしても言語化できない。どんなに悔しかったことか。無念だったことか。僕の大好きな先輩が、そういった状況に追い込まれたことに対して、怒りと悲しみを感じる。

もうひとつ、これはのちに気づいたことなのだが、この事件を通して学んだ大切なことがある。いろいろな理不尽が世の中には蔓延っているのに、なぜことさら「赤いカーディガン事件」が、こうも僕の心をかき乱すのか。なぜ何度もこの話を興奮気味に他人にしてしまうのか。それは、僕が先輩を大好きだったからである。

入社試験の面接官も、思えば先輩だった。好きな小説の話になり、吉田修一の作品のなかで一番優れているのは「Water」だと熱弁する場違いな僕に、「私もそう思います」と答えてくれた。仕事のやり方もサボり方も教えてくれた。元劇団員で、僕が脚本を書いて友人たちと撮ったショートムービーにも出てくれた。お洒落でダンディで私利私欲のまったくない、肩の力が抜けた大人の男性だった。

仕事が暇な時に、先輩と無駄話をするのが好きだった。一緒にバーベキューに行き、先輩の息子とキャッチボールしたことを、僕は忘れない。その子も、今は海外の大学院に留学しているそうだ。

先輩は、僕にはじめてできた「大人の友達」だった。「社会人」という言葉をまだ無意識に使っていた年齢の頃、社会で働く大人の集団からひょっこり現れた、かけがえのない交換不可能な友達だった。「その先輩が……」という憤りが、視野の狭い愚鈍な僕にはなによりも大きいのである。

人間を集団や属性、統計などでとらえてしまうことは今でもある。しかし、誰もが取り返しのつかない人生を背負った、のっぴきならない固有の存在である。その人を産んだ人もいれば、その人を愛している人もいる。僕は、この当たり前の事実に、とても注目している。僕がこの世界に対して共感や親しみを抱けるとしたら、この事実をもってでしかあり得ないだろうと思っている。

身近なこと、卑近なこと、日常的なことばかりに目を向けるスタンスを批判する人もいる。そういうタイプの人の目を、もっと広い世界に開かせようとする人もいる。その批判には一理ある。でも、僕は思う。身近な他者の痛みに敏感ではない人が、日常生活の機微に美しさを見出せない人が、かつての自分のような人が、本当に社会や世界のことなんか考えられるのだろうか、と。

この本でたびたび引用している吉田健一は、「わが人生処方」というエッセイのなかで、こんなことを記している。

どうも人間が生きて行く上では、各種の肉体的な欲望が強いことが大切だという気がしてならない。食う為に仕事をすると言うが、実際に食いたくて仕事をするのと、ただ食う為と思っているだけでは随分話が違う。(…)愛国心を説くペリクレスがアテネの美しさを描くことで国粋主義者にならずにすんだようなもので、先ず友達を二人家に呼んで飲み食いする楽しみの為に稼ぎ、それが何でもなくなったら五人呼ぶ為にという風にすれば稼ぐ金に意味があり、だから幾ら本屋に印税のことを煩く言っても汚らわしい感じがしない。(…)つまり、魂を失わずに生きて行く為に、肉体的な楽しみに執着することが必要なのであり、人間が出世するのは珍しいことではないのだから、そうなると益々食欲その他を旺盛にして、魂を繋ぎ留めて置くことが大切になる。

吉田にとって、「食う為に働く」の「食う」とは、具体的に何かを食べることだった。ギャラや月給が銀行口座に振り込まれ、家計にまわして……といったようなことでも、ましては労働対価といった抽象的な概念でもない。「どこそこの生牡蠣を五人前食ってやろうと思って仕事をしている」（「前」）といった具体的な行為としての肉体の欲求なのだ。そして、そこには一緒に食べる友達がいて、語らいがあった。

吉田は、身近な実感を徹底して重視し、観念的、精神的のみに陥る思考の危うさを指摘し続けた。文明や歴史など、大きな事柄を考える際にも、その根底には「人間」が存在することを忘れなかった。

僕は、政治や社会など大きなことを論じるのが苦手だ。論じていた時期もあったのだが、どうも自分の身丈に合わないような感覚、サイズの大きなシャツを着ている時のような違和感がどこかにあった。論じても言葉が空転した。だから、同世代のほかの書き手ほど強い正義感を持っていないのではないかと密かにコンプレックスを抱いていたのだが、問題は正義感の有無などではなかった。

つまり、卑近なこと、身近なことばかりに目を向けることへの批判も一理あるのだが、大きなこと、小さなことで先行的に存在するのは、いつでも後者、身近なものへの想像力であるはずなのだ。僕は、まずはそこからやり直さなければいけない人間だったのである。

一足飛びに世界を摑もうとするのではなく、身近なことへの執着を積み重ね、想像することをやめないことによって、身近ではない世界や多様な他者への実感を摑むことができるのではないか。大好きな先輩の赤いカーディガンのような具体的な憤りから、僕の実感が及ばない世界を見て、触れて、言葉にしていく端緒を摑むことができるのではないか。

もし僕が見ている世界が、僕にとってどこか白々しいものであるとするならば、それはそこに僕がいないからだ。具体的な感覚を持って、そこに僕が存在しないからだ。つまり、はじめの段階からつまずいてしまっているのであり、実際に、僕はこれまでの人生の歩みのなかで、何度も同じところでつまずいてきた。

そして言葉が、僕が書いたり、語ったりする言葉が少しでも実感のこもったものになっているのだとしたら、それは弱い自分を前提としている言葉だからであろう。吉田健一の言う「食う」が肉体的な感覚を伴っている具体的な「食う」であったように、僕が用いる言葉が、具体的な感覚を伴っている言葉でなければ、言葉は空転して、誰にも届くことはない。だから、僕は最初からやり直すことに決めたのだ。それは弱さを認め、もう一度、ありのままの世界をありのままで見つめ直して記述することであり、痛みを伴うことでもある。あけすけな世界から目を逸らさず、のっぴきならない他者と根気強く向き合いながら、生きることでもある。だとしても、僕はもう一度、最初の地点から想像力を広げていきたいと思う。

それを実現するためには、人間の生はあまりに短い。だから、より一層、目を凝らすことが重要だ。時間的、空間的な制約を乗り越えるために、日常で見ている風景、聞いている言葉、感じることのできる心、そういったものの純度を高めなければいけない。

強くなる必要なんてない。ありのままの弱い自分で、すでにそこにある世界を見つめ続けることこそが、挑戦的な生き方なのである。平熱のまま、この世界に熱狂する。三八年間、生きてきてこんなことくらいしかわからない自分に辟易するが、断酒と同様、コツコツとやっていくしかないのだと、また当たり前のことを思っている。

僕の大好きな先輩も、もう数年すれば還暦だそうだ。ちゃんちゃんこのかわりに赤いカーディガンをお祝いに贈りたいと思っている。

＊引用、参考文献

『わが人生処方』（吉田健一、中公文庫）

補章　川下への眼

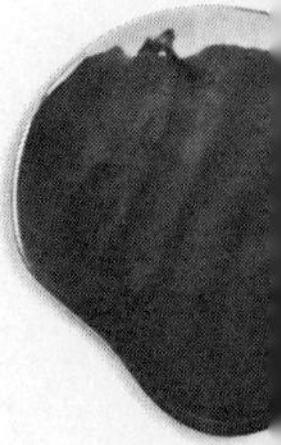

一生懸命で寂しい人

個人的に思い入れの強いエッセイ集『平熱のまま、この世界に熱狂したい』が刊行されてから三年が経った。本書を出版してさまざま反応をいただいた。なかには本書の文章に象徴的な概念として登場する「凪《なぎ》」という言葉をご子息の名前にしたと報告してくれた人までいた。これで僕は悪いことはできなくなった。本を出すとは、やはりすごいことである。僕は非力かもしれないが、僕が書いた言葉が誰かに届き、人生に少なからず影響を及ぼしている。本書を読んで本のよさを再認識し、書店で働き始めたという人の話を聞いたときには、我がことのようにうれしい気持ちがした。

書店にもたくさん足を運んだ。自分の本がきちんと並んでいる様子を見て、本を出版するのは初めてではなかったものの、これにもまたあらためて感動した。経験した人ならわかると思うのだけど、新刊を出した直後の著者の精神は、ちょっとおかしなくらい不安定になる。書店の棚に並んでいるのを確認するだけで、精神が安定するものなのだ。ただ、ある書店にて本書が「闘病記」の棚に並べてあったのを発見したときには、なんともいえない思いになった。そうか闘病か。闘病記なのか。アルコール依存症のことも書いたから、そう判断されたのであろう。確かに間違ってはいないのだが、闘病されている方に申し訳ないような、でも仕入れてくれたことに感謝の念がわいてくるような、言葉にし難い思いが頭のなかを渦巻き、棚に一礼だけしてその場を去ったのだった。

このたびの文庫化にあたり、補章を書くことになった。本書は、そのとき、その瞬間、逡巡する思いと混乱する時代のなかで考えたことを言葉として結晶させた作品だったので迷いもあった。これ以上、なにかつけ足すことがあるだろうか。しかし、僕は書きたいと思う。再び考えたいと思う。当たり前だが、日常は僕のなかで続いていて、これからも続くのであろうし、読者にとってもそれは同じことだと思ったからだ。

初版の執筆時から、新しいものを摑んだから筆をとるのではない。むしろ、脆弱な個人として法外に複雑な世界に向き合っていると、以前より心細い気持ちになるくらいである。書くという行為の裏には、人間の生のどうしようもない一回性と、不確かな揺らぎとがある。梶谷真司は『考えるとはどういうことか』(幻冬舎新書)で、小学生に対して哲学とはなにかと説明するとき、「分からないことを増やすこと」と定義すると納得してもらいやすいと述べている。僕は相変わらず、わからないことだらけの世界で生きている。

夏目漱石の「夢十夜」第六夜にこんな話がある。運慶が鑿《のみ》と槌《つち》を打ち下ろし、堅い木を刻み削っている。どうやら仁王を彫っているようだ。その姿を見て、見物人の若い男がこう言う。「なに、あれは眉や鼻を鑿で作るんじゃない。あの通りの眉や鼻が木の下に埋っているのを、鑿と槌の力で掘り出すまでだ。まるで土の中から石を掘り出すようなものだからけっして間違うはずはない」。残念ながら僕は木をいくら削っても、仁王を掘り出すことができない。

一方、この三年間で身にしみるほど理解したのは、僕はそれでも書き続ける人間なのだということだった。それどころか恐るべきことに、僕は誰かから求められなかったとしても、文章を書き続けていく人間である。思考し、言葉を摑み、それを文章に定着させていく。僕にとって書くことは一回性の行為にほかならず、その一点のみに賭けてきた。そのことをわからせてくれたのは、本書や本書の読者にほかならない。

仁王を掘り出せないなら、いったいどうすればいいのか。アニー・ディラードは『本を書く』(柳沢由実子訳、田畑書店)のなかでヘンリー・デイヴィッド・ソローの日誌に触れながら、このように喩えている。本を書くために必要なのは、蜂をつかまえることである。コップをかぶせて広場に行き、蜂を解き放つ。目の届く限り追いかけ、姿が見えなくなったら、またそこで次の蜂を見つける。それを繰り返すうちに蜂蜜のある木にたどり着く。問題は「最初の蜂」をどう見つけるかだ、と。この喩えは僕が文章を書く際の実感により近い。

僕の「最初の蜂」はどこにいるのだろう。僕は蜂を求めて、何か月も外や書物の世界を彷徨っていた。あまりに彷徨い過ぎて、周囲からは遊んでいるか、放心しているかに映ったに違いない(実際、僕はそのことについて、何度か家族に言い訳をした)。そして今回の「最初の蜂」も、やはり「平熱」のなかから見つけ出すことができた。僕がいつからかずっと抱き続けている感情、それは人生の「寂しさ」である。

この補章は三つの稿からなっている。すべて同じ「最初の蜂」を追いかけたものだ。そうは感じない人もいるかもしれないが、蜂はうろうろ飛ぶことだってあるのである。最後まで読んでいただければ、そうご納得いただけると思う。

僕はいったいいつから寂しかったのであろう。気づいたときには、寂しくて仕方がなかった。もちろん家族も愛犬ニコルも友達もいるし、僕は孤独ではない。でも寂しい。僕はある時期から、世界が以前のように美しく見えなくなったことに悲しみを感じていた。酒を飲んでいた頃はとにかく悲しくて、何もないまま美しい世界が見えていたときの喜びと、見えなくなってしまったあとの悲しみを忘れようとしていた。目を背けようとしていた。酒の力で悲しみを散らそうともしていた。

アルコールをやめて八年近くが経つ。アルコールのない生活にもすっかり慣れてきたように思う。もう、突然、アルコールを飲みたくなる衝動に駆られることもない。世界についての考え方も少しだが変わり、悲しみより新しい喜びや愉しみのほうに心をあずけることができるようにもなってきた。もちろん、その気持ちにも揺らぎがある。コロナ禍の影響もあって、すっかり人と会わなくなった。仕事の打ち合わせの帰り道などに、「こういうときは、昔は馴染みのバーに行って酒を飲んでいたんだよな」と思う瞬間がたまにある。酒の場だけでつながっていた人たちとは、もうめっきり会わなくなった。だからといって、その人たちへの親しみが薄れたわけではないし、会いに行こうと思えばいつだって再会できる。

では、何が「寂しい」のか。「悲しさ」とはどう違うのか。僕が思うに、悲しいのは悲しくない状態があって生じるものだが、寂しさはそれよりもっと深い人生に根ざした感情であり、何かを喪失しなくても人間は寂しさを抱く存在である。

悲しみは「打撃」であり「傷」として残るけど、寂しさは「状態」に近い。まさに「do」でなく、「be」である。つまり、のちに来る感情の悲しさとは違い、初めから寂しいということがあり得るのだ。だから僕はずっと寂しい。何故かわからないが、確かに寂しいのだ。おそらくフィッシュマンズの佐藤伸治も悲しみに向き合い続ける「寂しい人」だった。

しかし、僕は今、この「寂しさ」という感情に寄り添いながら生きることこそ人生なのではないかと思い始めている。町田康は『しらふで生きる 大酒飲みの決断』（幻冬舎文庫）のなかで、「酒をやめたと言いしばしば酒徒から受ける問いに「それで人生寂しくないですか？」というのがあるがそんなことはない。なぜなら、人生とはもともと寂しいものであるからである」と書いている。

そうなのだ。人生は寂しい。酒を飲んでも飲まなくても人生は寂しいのである。悲しさもそうだが、酒はその「寂しさ」を一時忘れさせてくれるに過ぎない。寂しさを誤魔化すために酒を飲む。そしてまた寂しくなる。だが、僕は断酒を続けながら「平熱」で生きてみて、こう思った。考えてみれば、酒を飲んでいるときはこの人生につきまとう「寂しさ」をきちんと感じられないで過ごしてきたのではないか、と。

人間が普遍的に感じるある種の「寂しさ」。常に視界を覆う薄い霧のような感情。その霧を晴らそうとはしても、そこで息を深く吸うことはしてこなかった。今、僕は「寂しさ」を感じ、認めている。僕はアルコールをやめて、きちんと「寂しさ」を感じられるようになってよかったと思っている。何故なら、「寂しさ」とは人生への眼差しそのものなのだから。

高浜虚子は、「落葉降る下にて」という随筆で、こんなことを書いている。虚子は数え一八歳で父を亡くした。師匠的な存在であった正岡子規も、三四歳で早逝した。「其れから後私は随分親戚のものや友人の死ぬるのを見た。母が死んだ時には仕事の都合で帰省することが出来なかつて、其の死に目に逢はなかつた」「沢山自分に親しいものが死んだ揚句、もう感情上にも自分の骨肉の死も世間の人の死と同様抗むことが出来ぬものと観念したのであつた」という諦念を抱くに至った。

しかし、その考えは自分の子どもに対しては、なぜか適用されなかった。肺炎になっても、「自分の子供は死ぬるものか」という強烈な自信は揺るがなかった。そして、実際に子どもたちは助かって育っていった。ところが、不思議なことにそんな虚子でも、六番目の子の四女が病気になってしまったときには、すぐさま観念してしまったという。その諦めた態度が冷淡だと、妻には怨まれもしたが、虚子は「此の子供はもう到底助からぬものだ」と思い込み、事実、四女は亡くなった。葬式が終わった後、たびたび虚子は墓参りをするようになる。

凡てのもの、亡び行く姿、中にも自分の亡び行く姿が鏡に映るやうに此の墓表に映つて見えた。「これから自分を中心として自分の世界が徐々として亡びて行く其の有様を見て行かう。」私はぢつと墓表の前に立つていつもそんな事を考へた。

そのとき、虚子は幼子が眠る墓表に自分の姿を見た。滅びゆく自分の姿がそこには映っていた。そして、その自分を中心として、世界が次第に、しかし確実に滅んでいく有様を目に焼き付けていこうと決意する。この随筆を読むと、虚子の文学観がわかるというだけではなく、文章の中に立ち現れた「寂しさの主体」としての虚子の姿が、僕にはありありと見えてくるのだ。人生は寂しい。その有様を見つめ続けていく。そこにはひとりの人間としての虚子本人がいて、しかも現代の世にも生き続けている。虚子の「寂しさ」は、現代にも続いている。まったく状況は違うが、僕の「寂しさ」ともつながっている。こうした感覚を呼び起こす力があるのが、随筆という文芸ジャンルの特長のひとつである。

小説もまた、人生の「寂しさ」を教えてくれる。僕は、スコット・フィッツジェラルドの『グレート・ギャツビー』という作品が大好きだ。初めて読んだのは幾つくらいの頃だろうか。アメリカ文学に特別に詳しいわけではないが、この作品だけはさまざまな訳者の版でおそらく一〇数回は再読している。なぜならギャツビーが本当にグレートだからである。野崎孝訳の新潮文庫は主人公の目線で彼をこんなふうに描写している。

ただひとり、ギャツビー、この本にその名を冠したこの男だけは例外で、彼にはぼくもこうした反撥を感じなかった——ギャツビー、ぼくが心からの軽蔑を抱いているすべてのものを一身に体現しているような男。もしも間断なく演じ続けられた一連の演技の総体を個性といってよいならば、ギャツビーという人間には、何か絢爛とした個性があった。人生の希望に対する高感度の感受性というか、まるで、一万マイルも離れた所の地震さえ記録する複雑な機械と関連でもありそうな感じである。しかし、この敏感性は、「創造的気質」とえらそうな名称で呼ばれるあのよわよわしい感じやすさとは無縁のものだった——それは希望を見いだす非凡な才能であり、ぼくが他の人の中にはこれまで見たことがなく、これからも二度と見いだせそうにないような浪漫的心情だった。

ギャツビーは豪華な邸宅に住み、途方もない浪費といえる贅を尽くしたパーティーを開いている謎多き人物である。しかし、そのパーティーを開いているのには、驚くべき理由が存在するのだった。あまりに馬鹿げた、ある人から見ればただ愚かに思える、しかし、ギャツビー本人には人生を賭けるに値する目的がそこにはあった。その目的のためにギャツビーは生きていたのである。

だが、その目的はついぞ果たされぬままで終わってしまう。名門大学の元フットボール選手で、大学史上、もっともパワフルなエンドのひとりとして名を轟かせたトム・ブキャナンという人物が、ギャツビーの愚かで壮大な夢を打ち砕いたひとりだ。『グレート・ギャツビー』を何度も再読してしまう理由は、このトム・ブキャナンを、僕はいつになったら許せるようになるのかということを知りたいからである。人間は弱い。それはトム・ブキャナンも同じである。だから、いつか彼のことを許せる日が来ると思っているのだが、いまだにその瞬間は訪れていない。

僕が彼を許せないのは、ギャツビーの人生が破綻した、その直接的な原因に由来するのではない。それも許せないのだが、なにより許せないのは、ギャツビーの口癖である「オールド・スポート（old sport）」という言葉を否定したからである。

村上春樹訳（中央公論新社）の「訳者あとがき」によると、「オールド・スポート」は、ギャツビーがいたとされるオックスフォード大学がある当時のイギリスの言い回しだという。今のアメリカ英語に直すなら「my friend」に相当するものらしい。その気取ったイギリス式の表現をギャツビーは好んで使っていた。それがブキャナンには胡散臭く、また気に障ったのだろう。ギャツビーに対して、「僕に向かって『オールド・スポート』って言うのはよせ！」と一喝したのである。ギャツビーは上流階級の出身でなく、ブキャナンのように裕福な家庭の生まれでもない。ニセモノなのである。それゆえに演技がかった「オールド・スポート」という表現を好み、大切にした。たとえ演技と欺瞞と馬鹿げたロマンティシズムにまみれた人生だったとしても、それを徹底したギャツビーはグレートだった。そのギャツビーが大切にしたものの象徴として「オールド・スポート」という口癖（演技）があったのである。彼にとって、一番大切なものを、ブキャナンは踏みにじったのだ。「オールド・スポートの簒奪《さんだつ》」。おそらくブキャナンには、このときのギャツビーの気持ちが一生わからないであろう。

多くの人々がギャツビーの邸宅で彼の浪費を楽しみ、馬鹿騒ぎしていたのにもかかわらず、ギャツビーの葬式は寂しく執り行われた。邸宅に行った者のなかで、主人公のほかに葬式に現れたのは、ふくろうを思わす大きな眼鏡をかけた男だけだった。その惨憺たる様子を眺めて、ふくろう氏はこう呟いた。

「かわいそうなやつめ」

僕も思う。ギャツビーは「かわいそうなやつ」だったと。だが、それは葬式に人がいなかったからではなく、夢が果たせなかったからでも厳密にはないと思う。ギャツビーは少なくとも、誰よりも一生懸命に生きた。過《あやま》った人生だったが、誰よりも必死で真剣だった。だからこそ、ギャツビーはかわいそうだったのである。そして、ギャツビーもまた「寂しい人」だった。歩んだ道こそ違うとはいえ、佐藤と同様、一生懸命で「寂しい人」だった。僕も必死で真剣に、この「寂しさ」を生きていきたいと思う。「寂しさ」は、どこかで一生懸命さとつながっている。いつか自分の葬式が開かれたときには、僕は誰かにこう言ってもらいたい。「かわいそうなやつめ」。

※引用、参考文献
梶谷真司『考えるとはどういうことか』(幻冬舎新書)
夏目漱石『文鳥・夢十夜』(新潮文庫)
アニー・ディラード『本を書く』(柳沢由実子訳、田畑書店)
町田康『しらふで生きる 大酒飲みの決断』(幻冬舎文庫)
『正岡子規/高浜虚子』(新学社近代浪漫派文庫)
スコット・フィッツジェラルド『グレート・ギャツビー』(野崎孝訳、新潮文庫)
スコット・フィッツジェラルド『グレート・ギャツビー』(村上春樹訳、中央公論新社)

八〇〇回目くらいの話

四二歳になる直前に、第二子の次男が生まれた。出産に備えて妻と息子と愛犬ニコルとが大阪に帰省していた。妻は前回の里帰り出産で犬と長い時間、離れてしまったことに心を痛め、僕ひとりで東京に残っていた。僕が大阪に様子を見に行った期間の最終日の前日、その日は妻の誕生日だった。みんなでバースデーソングを歌い、息子が蠟燭を消した。その数十分後、妻の体調に変化があった。すぐに産婦人科に駆け込み、そのまま出産した。妻と同じ誕生日の次男である。翌日、僕は妻と生まれたばかりの次男と面会することができた。早産だったが、母子ともに健康そうで、この世に生を受けたばかりの次男を僕は恐る恐る抱いた。長男が生まれたときはコロナ禍であり、すぐには合流できなかったため、このとき、はじめて新生児に触れたのだった。

「35歳問題」から七年が経っていた。折り返し地点をもう過ぎ、僕もそれを自覚したが、息子たちのためにも、もう少し長生きする必要がありそうだ。小林秀雄に「栗の樹」という随筆がある。たった二ページにも満たない文章である。小林の妻は文学には興味を示したことがなかった。しかし、たまたま島崎藤村の「家」を読み感銘を受けたのだった。信州生まれの妻は、信州が舞台のその小説に郷愁を覚えたらしい。妻は人通りの少ない一里余りの道を歩いて、小学校に通っていた。その途中に、栗の大木があったという。それを見ると、「あと半分」と思っていたのを懐かしく思ったのだ。ただそれだけのことを切り出せず長いこと小林には黙っていたが、あるとき、そのことを語った。小林はすぐに賛成し、郷里に帰らせた。数日後、帰宅した妻は「やっぱり、ちゃんと生えていた」と大喜びだった。そして小林はこう思ったのであった。

「さて、私の栗の樹は何処にあるのか」と。

かの大批評家・小林秀雄にして、「私の栗の樹」が見つからない。それを見て「あと半分」と思う目印が見つからない。この文章が発表されたのは一九五四(昭和二九)年、小林が五二歳のときだった。小林でもそうなのだから、人生はなかなか難しい。

僕はよく夢を見る。眠っているときに見る夢である。すべての夢を覚えているかどうかは別として、おそらく過去の夢しか見たことがないのではないかと思う。過去のある場面に居合わせる自分の夢はよく見るのに、未来の夢を見ないというのは、どうしてだろう。僕以外もそうなのだろうか。過去に戻り、今は会えなくなった友人と話せてうれしかったり、すでに自分だけ結末を知っている出来事に直面し、歯痒い思いをしたり。場面や状況はまちまちであるものの、現在の意識が残っているのだから当たり前のことなのだろうが、夢のなかで過去にいるとき、僕はいつでも「二回目」だ。そうである以上、過去にタイムトラベルしたとしても、「一回目」を経験することなんてできない。

今年で四二歳になった。父が七一歳で亡くなっているため、仮に同じだけ生きるとしたら残りは二九年であり、そうなると、すでに過去の分量のほうが多いことになる。一方、長男は四歳で、次男はまだ〇歳だ。目の前には厖大な量の未来が待ち構えている。長男が生まれて驚いたのは、自分の命より大切な存在が現れたということだった。

例えば、暴走したトラックが突進してきたとして、僕は一瞬の躊躇なく長男に覆いかぶさることができると思う。もちろん、生まれたばかりの次男にしたって同じことだ。妻や愛犬ニコルにだって、きっとそうするだろう。

それは優しいからではない。僕はどこまでも利己的で理屈っぽい人間なので、残りの人生の総量と可能性についてどうしても考えてしまう。孔子の「論語」では四〇は「不惑」とされているが、正直、不惑と言えるほど、僕は成熟していない。むしろ迷ってばかりである。深夜に食べるガリガリ君をソーダ味にするか、ナシ味にするかで迷っている人間を、一般に不惑とは呼ばないだろう。人間は良くも悪くも、ある日突然、変わりはしない。

もちろん、病気などの特別な理由で人生や考え方が急変することもあり得る。しかし、ほとんどの事柄は、自分なりに悩んで、自分なりに絶望し、自分なりに対処して、自分なりに忘れていくのではないか。「人生一〇〇年時代」と言われる現代では、四二歳はまだまだ若造に過ぎないのかもしれないとも思う。仮に残りをあと五八年だと考えると、ひとりの人間の生としてはあまりに長く、一〇〇歳になる頃には別人になっている可能性だってある。今の自分からは想像し難いけど、動物や草花を嫌いな老人に僕がなっているかもしれないのだ。

しかし、そういった変化も、周囲が気づいていないだけで、実は漸進的に起こっていることなのではないかと思う。僕がそうなってしまったとしても、それは突然の変化ではなく、おそらく今ごろから続いている、なにかしらの継続的な変容の果ての姿なのである。そう感じる理由のひとつに、友達の存在がある。僕は東京出身（西の果ての郊外）ということもあってか、たくさんの幼馴染との交流がいまだにある。昨年は、小学一年生からの幼馴染Y君の運転するクルマでフジロックに行ってきた。Y君とは、彼が校庭にあるサッカーのゴールネットに絡まって動けなくなっていたのを、先生を呼んできて助けてあげたときからの仲である。

幼馴染とはいつもするネタのような話をいくつも持っていて、そのクルマの中でも、おそらく八〇〇回目くらいの話をまたしていた（どうかしている）。その話を身内だけ笑えるネタにせず、知らない人が聞いても楽しめるよう細部が追加、脚色、または一部はわかりやすいよう省略、変更されている。それらを十分に把握したうえで、僕と

Y君はまたその話をして爆笑していた。

片や長男である。先ほど長男が、「ママ」「滑り台」と寝言を呟いていた。おそらく妻と行った公園のことを思い出しているのだろう。やっぱり子どもも過去の夢しか見ないのだろうか。それにしても、長男の変化は僕と比べると目まぐるしい。つい数か月前までオムツをパンパンにし、替えようとすると泣き叫んでいたのに、最近では自分でオムツを脱いでトイレに挑戦しようとしている。風邪を引いて寝込んでいた僕に、「パパ、救急車、持ってくる?」と心配までしてくれる。転んで口の中を切った長男を抱きかかえ、「あぷあぷ」と言って笑っている姿に呆れと不安を覚えながら、病院まで走っていた時期が懐かしい。まだ日本語も片言なのに、アルファベットを読めるのは、何故だろうか。

明らかに長男は僕とは別の時間を生きている。これからも生き続ける。次男に至っては、まだ泣くか叫ぶか少し笑うかしかしていない。できるだけ素直に育ってほしいが、もしかしたらグレたりするかもしれない。その時間を、かつて僕にもあった(かもしれない)未来しかない長男と次男との時間を、僕は楽しんでいる。まるでタイムトラベルするように。もう一度、「一回目」の時間を息子たちと目一杯、過ごす。息子たちと一緒なら、ダンゴムシにだって感動できるのだ。なんて素晴らしい「旅行」だろうか。

しかし、僕はあくまでそこでは「旅行者」である。そのことに「寂しさ」も覚える。だが、僕には「一回目」ではないし、息子たちの人生は、息子たちのものなのだ。だが、この旅行に連れて行ってくれる息子たちのために、僕は「八〇〇回目くらいの話」の時間を生きる。息子たちにとって、これから幾度となく繰り返される当たり前の時間を生きる。ありきたりに存在する疑いようのない時間を守る。だから、トラックが突進してきても、家族に覆いかぶさるだけでなく、抱えて転がるくらいの体力は付けたい。

※引用、参考文献
小林秀雄『栗の樹』（講談社文芸文庫）

川下への眼

あるとき、「誰だって、いまが一番若い」という事実に気がつき、腰が抜けるほど驚いたことがあった。これほど強固で揺るがし難いテーゼも滅多にはないだろう。肉体的にではなく、時間軸に沿った場合の話である。「いや、いまより明日のほうが私は若いです」と反論したい人がいたなら、僕はその人に非常に興味があるので連絡してほしい。「誰だって、いまが一番若い」という事実は、何か新しいことに挑戦する際に思い出すと役に立つ。

時間について思考しているときに面白いと感じるのは、「未来」という概念についてだ。現時点では存在しないはずの未来について人間は考えてしまう。「未来からの前借り」といった言葉が、それを象徴している。僕はよくエナジードリンクを飲む、というか飲みまくって周りからひかれているのだけど、エナジードリンクを飲んでいる際は、確かに未来から何かを前借りしている気持ちになる。未来を誰も体験したことがないのに、人間とは面白いものである。誰も体験できないが、感じることができるのが未来なのである。感じることができるから、住宅ローンや保険などの約束事がなされるのだし、「誰だって、いまが一番若い」という想定が成立して、前を向きながら生きていられる。

しかし、本当に「未来」を感じることなんてできるのだろうか。「いま」さえありのままに生きることが思い通りにならない僕が、「誰だって、いまが一番若い」という事実に腰を抜かしている僕が、「未来」について考えることに意義はあっても、感じることができるとは思えない。僕の人生は、これまでずっとこの「感受」の問題について頭を悩ませられてきた。感じられないものは存在しないも同じである。日常にくまなく目を凝らし、ありのままの確かさを摑み取る凪の時間を僕は現在も切実に求めていて、それに成功する瞬間もあるが、見失う瞬間もある。

千重子は大きい買いもの籠をさげて、店を出た。御池通を上へ渡って、麩屋町の湯波半へ行くのだが、叡山から北山の空へかけて、燃えあがる炎のような空をながめて、御池通でしばらくたたずんだ。

夏の日永だから、夕映えには早い時間だし、さびしげな空の色ではない。ほんとうに盛んな炎が、空にひろがっている。

「こないなこともあるのやな。はじめてやわ。」千重子は小さい鏡を出して、その強い雲の色のなかに、自分の顔を写してみた。

「忘れんとおこ、一生、忘れんとおこ……。人間かて、心しだいかしらん。」

叡山と北山は、その色に押されてか、濃い紺ひと色であった。

ノーベル文学賞を受賞した川端康成の作品のなかでも、僕はこの『古都』(新潮文庫)という小説の、この何気ない一場面を最も印象深く覚えている。古都・京都の叡山から北山にかけて、燃え上がる炎のような雲がかかっている。それを主人公の千重子はおそらく小さい手鏡のようなものに、自分の顔と一緒に写してみる。そして、「忘れんとおこ、一生、忘れんとおこ……」と心に誓う。なんと美しい場面だろうか。

僕が感受したい「いま」という時間は、このようにある瞬間、ふと静かにやってくるのかもしれない。それを手鏡のなかに焼き付けて、生涯忘れない、いや忘れられないことを自覚する。

僕は、ここでもう一度、「寂しさ」についての話をしたいと思う。何故なら、「いま」を感じるためには「寂しさ」という視線こそが、実は大切になるのではないかと感じているからだ。

鷲田清一は、『たかが服、されど服　ヨウジヤマモト論』（集英社）で、こう記している。人が橋の上に立っているとする。その橋の上から川上に眼を凝らしながら次に流れてくるものに目を吸いつけさせるのが、ファッションでいう「いま」を際立たせるモードである。一方で、山本耀司は、橋の上から川下を向き、「次に〈いま〉になるものではなく、たちまち〈いま〉でなくなってゆく時間のそのフェイズに目を据え」ているのだと鷲田は書く。この世界を、今この瞬間を、「（…）後ろ向きに未来のほうを向いている」。その姿勢から、記憶を言葉として結晶させようとする「川下への眼」、たちまち「いま」でなくなってゆくものに眼を凝らす視線が、僕が「寂しさ」を感受するときに生じているのではなかったか。

　大学生のとき、僕は東京の西の果て福生市にある実家に住んでいた。実家から五日市線の最寄り駅までは徒歩二〇分以上かかった。その熊川駅は当時としても珍しい無人改札駅で、電車の本数も極端に少ない。

　僕は夏、大学に行くために三〇度以上の気温のなか、熊川駅まで歩いていた。雑草が生い茂った急勾配の階段を登っていた。草木の匂いが強く、日差しが網膜に突き刺さって痛かった。僕は手で日差しを遮り、じりじりと歪む景色を眺めながら、この瞬間をこれからの人生で何度も思い返すことになるだろうと直観した。まさに「川下への眼」が生じたのであった。

　実際にこの直観は当たって、僕はその日の、その瞬間のことを、その後の人生で何度も思い出すことになる。何故この場面なのかはわからないが、僕が「川下への眼」で摑まえるのは、決まってこういった物語性のない、何気ない日常の一コマに、眩暈のするような時間の伸縮を感じた瞬間なのだ。

この話をある編集者にしたところ、こんな話をしてくれた。彼が大学二年生のとき、夏休みの帰省から下宿のアパートに戻り、二階にあるその部屋のドアを開けた。すると、むせかえるような熱気が部屋のなかから押し寄せてきた。彼はそのとき、この瞬間を幾度となく思い出すと直観した。その熱気、太陽に照らされた部屋の様子、そういったものを克明すぎるほど詳細に、三〇年たった今でも思い出すことがあるという。

「いま」を川下に流れ去った、たちまち「いま」でなくなるものとして焼き付ける。「いま」を「いま」として感受するのは難しいが、橋の欄干から必死に眼を凝らして、「いま」が流れ去っていくこと、そしてそこに「いま」があったことを記憶していく。つまり「いま」はいつもすでに流れ去ったものである。それを意識して一生懸命に生きる。だから寂しい。

しかし、その「寂しさ」は、僕にとって必要な感情だった。橋の下で「いま」が通り過ぎる刹那、僕はかつて悲しかった。でも、本当は違うのである。橋の下を「いま」が通り過ぎる瞬間を永遠であるかのように感じることを、僕はいつからかできなくなった。だから目を逸らした。また次の「いま」が川上から流れてくることばかりを期待し、そしてしばしば絶望していた。川下に流れていく「いま」を見つめるのが、「寂しさ」を受け入れて「いま」を生きる姿勢なのである。

作家・吉田修一が初めて最後まで書き終えたという、長崎を舞台にした短編小説「Water」の忘れ難いシーンを思い出す。

暗い顔でバスに乗り込むと、

「フラれたとか?」

とおじさんが、声をかけてきた。ボクは返事もしないで運転席の後ろの席に座った。真っ暗な県道にぽつんと光るバスの中で、じっと自分の手を眺めていた。

運転席に戻ったおじさんが、エンジンをかけながら、

「坊主、今から十年後にお前が戻りたくなる場所は、きっとこのバスの中ぞ!ようく見回して覚えておけ。坊主たちは今、将来戻りたくなる場所におるとぞ」

と訳の分からぬことを言っていた。


このシーンについて語ろうと思うと、ひとつの文芸評論の長さくらいになってしま

うのでやめておくが、ここで重要なのは「今から十年後にお前が戻りたくなる場所は、きっとこのバスの中ぞ！」と言ったおじさんこそが、この場面を将来、必ず何度も思い出すということである。たった今、フラれたと思しき坊主が、うつむきながらじっと手を眺めていたその様を、「十年後」になっても思い出すのは、きっとおじさんのほうなのだ。おじさんは「川下への眼」で「いま」を見ているからである。青春真っ只中にいる本人は、実はそれに気づくことが難しい。だが、おじさんは「いま」を生きている。

日常では、ありとあらゆる「何もかも」が起こっている。非日常のほうがいろいろなことが起こるではないかと思うかもしれないが、それは違う。非日常では、その非日常性がもたらす「何か」に焦点が絞られ、実はたくさんのことが起こらない。非日常は、日常を極端に限定させたかたちで目の前に立ち上がらせる。非日常には、非日常的なことしか起こらないのだ。一方、日常は本当にありとあらゆる「何もかも」が起こっている。その「何もかも」が起こっていて、ありのままの確かさを摑み取ることができる凪の日常を僕は愛したい。一生懸命に「寂しい人」を生き、平熱のまま、この世界に熱狂したい。

アニー・ディラードは『本を書く』のなかで、「書かれた言葉は弱い」と言う。では、なぜ人は本を読むのか。「それは本が文学だからだ。それはひそかなものだ。心細いものだ。だが、われわれ自身のものである」。文庫として再刊されたこの本が文学であり、あなた自身のものであることを切に願う。

※引用、参考文献
川端康成『古都』（新潮文庫）
鷲田清一『たかが服、されど服 ヨウジヤマモト論』（集英社）
吉田修一『最後の息子』（文春文庫）
アニー・ディラード『本を書く』（柳沢由実子訳、田畑書店）

あとがき

僕は、しんどいことが嫌いである。人より心の痛みにも体の痛みにも弱く、それらに呆れるほど耐えられない。

なるべくなら楽しく生きたい。深く今に没頭し、喜びに浸りたい。しかし、それができない。現実はあまりにもあけすけで、人生はままならない。社会は身も蓋もなく、弱いものにはいつだって冷淡だ。もういっそのこと心をなくしたほうがどれだけラクなことか。考えるのが面倒臭くなって、幾度となくそう思いながら生きてきた。酒を飲んでしんどいことすべてを忘れたいと、いまだに思うこともある。

でも、そんな僕にも信じられるものがある。それは、「言葉」の力である。もし、僕に言葉をつむぐ力があるとしたら、その力を使って、しんどい現実を反転させたい。そう思って、本書を書いた。

脅す言葉でも、煽る言葉でも、奮い立たせようと鞭打つ言葉でも、はたまた諦めを誘う言葉でもなく、少しでも「この世界も、あながち悪いものではないかも」と思える言葉を、僕は探している。情報を伝達する役割は、言葉の持つひとつの側面にすぎない。人間は言葉に癒され、慰められ、言葉によって世の中の見え方が変わることもある。そんな実感がこもった言葉を僕なりに文章にしたのが本書である。

本書を執筆しているまさにそのとき、世界では新型コロナウイルスの感染が広がり、社会は大きな転換を余儀なくされていた。書籍というメディアの特性を意識して、なるべく時勢への言及は少なくし、普遍的な言葉を残そうとしたが、当然ながら二〇二〇年という人類にとって忘れることができない年にまとめられた本書は、「コロナ以後」の世界を意識して綴られた一冊でもある。

この本に収めた言葉が誰かに届き、そしてまた新しい言葉がつむがれていく。僕と同じように弱い人間が葛藤や苦悩を抱えながらも、少しずつ時代を前に進めていく。過去から未来へのつながりのなかで、今を言葉でとらえていく。

情報が溢れるこの時代に違和感を覚えるなら、言葉を荒らげるでも、口をつぐむのでもなく、新しい言葉を探していく態度が必要だと、僕は思っている。「今」を表現する適切な言葉がないならば、周りにじっと目を凝らして、言葉を獲得していくことからやり直してみよう。本書を通して僕のそんな態度だけでも伝わったならば、それ以上の幸せはない。言葉には過去を蓄積し、未来へと人を導いていく力がある。そして、その力は往々にして「弱さ」のなかに秘められている。

最後に、本書の骨子になったウェブや雑誌の原稿執筆を支えてくれた編集者たちに感謝の意を伝えたい。また、TBSラジオ「文化系トークラジオＬｉｆｅ」（パーソナリティ・鈴木謙介氏）の出演者や、スタッフ、リスナーの方たちにも、この場を借りてお礼を言いたい。出演させてもらった放送やイベントなどでの議論がなければ着想できなかった文章が、本書にはたくさんある。

この本を読んで、僕と同じように弱いままで生きていくことを決めた人が、生きる喜びを感じることができる人生を歩み、「この世界も、あながち悪いものではないかも」と思ってくれることを心から願っています。

文庫版あとがき

　本書に携わっていただいたすべての皆様に感謝いたします。本書の単行本版（二〇二〇年に刊行）を編集してくださった、幻冬舎の竹村優子さんに感謝いたします。僕を著者として世に送り出してくれました。このご恩は一生忘れません。また、筑摩書房の窪拓哉さんに感謝いたします。僕の大切な作品を、文庫化というかたちでさらに広めたいとお声がけをいただき、宝物のような一冊にしてくれました。渋谷のラジオ「BOOK READING CLUB」で一緒にパーソナリティを務めている今井楓さん、スタッフ、リスナーの皆様にも感謝いたします。僕の感性を刺激し、執筆のヒントを与えてくれました。

　そして、本書を手に取ってくださった皆様にも感謝いたします。願わくは、本書を読んで少しでも日常の見え方が変わり、世界に親しみを感じられるようになりますように。のっぴきならない人生を背負ったひとりの個人として尊重され、自分にとって大切なものや美しいと思うものを踏みにじらないでも生きていけるようになりますように。

絶望の淵にいる人も明日に希望を託し、この世界を歩んでいってほしい。僕と一緒に目を凝らして、平熱のなかに凪の瞬間を見つけていく。挫折や失敗を繰り返しながら、また立ち上がって歩を進める。僕はこれからも、そうやって「弱い」自分と向き合いながら書き続けていきます。

二〇二四年五月九日　自宅にて

宮崎智之

飄然と、弱い自分を語ることから始める

山本貴光

本屋であてもなく書棚のあいだを回遊していると、その瞬間まで刊行されていたことさえ知らなかったのに、目に入った途端、「これは私のために書かれた本かもしれない」と、気持ちを鷲摑みにされる、そんな出会いがあったりする。本書『平熱のまま、この世界に熱狂したい』も、そんなふうに出会った一冊だった。

それというのもこの書名。だって「平熱のまま、この世界に熱狂したい」ですよ。「熱狂しよう」でも「熱狂できる」でも「熱狂すべきだ」でもなく「熱狂したい」。「世界」という語があるせいか、主張の内容はなんだか大きく感じるのに対して、主張の勢いは慎ましやかでごく穏やか。誰かを巻き込む気が満々というよりは、「サウイフモノニ／ワタシハナリタイ」という小さな範囲の宣言のようでもある。

ただし、希望の内容は尋常ではない。だってそもそも「平熱」と「熱狂」とは相容れないのではあるまいか。「ちょっと、お兄さん、無茶言うなよ」という類の願いではないだろうか。

いや、しかしこうも考えられる。無茶だからこそ人は願うのかもしれない。第一そんなに無理のない願いなら、つべこべ言わず実行すればよいのだし。とはいえ、平熱のままどうやって熱狂できるというのだろう。これはもう読むしかない、と同書を買い求めたのは言うまでもない。

*

この本には、宮崎智之さんの身の丈大の話が書かれている。こうありたいと思うこと、家族や愛犬や友人のこと、ご自身のアルコール依存症とそこからの脱出の経緯や離婚の経験について、あるいは日常の暮らしのなかで考えたり感じたりしていることが、ユーモアを交えて淡々と綴られている。私たちはそれを読んで、「へえ」とか「あはは」とか感心したり笑ったりしんみりしたりする。最後まで読み終えて、「そうか、そんなことがあったんだね」と本を閉じる。気分としては、親戚のお兄さんとか友達の知り合いの話を聞いているような距離感だろうか。

こうした文章は、ともすると書き手の自意識の強さにあてられたり、場合によってはナルシシズムに鼻白むことも少なくない。面白くしようとして話を盛ってるなと作為を感じることもある。ところが宮崎さんの文章には、そんな気配が稀薄だ。自分を主語にして自分について書くのはなによりも難しいと感じている私のような者からすると、どうしたらこんなふうに書けるのかと思う。もっとも著者からすれば、そんなところで驚かれても困るかもしれない。

その秘訣を私なりに考えてみた。ひょっとしたらこれは本書の読みどころをお伝えすることになるかもしれないと思うので、少し述べてみよう。

一つ大きな要因は、対象との距離の取り方にある。本書にはいろいろな対象が登場するけれど、その大本にはいつも「僕」がいる。宮崎さんは等身大の自分として語っている。しかも自分に張りつきすぎてもいない。自分との距離の取り方が絶妙なのだ。

人は自分について語るとき、ついかっこうをつけたくなるものだ。できれば自分のいいところを前に出して、そうでもないところはしまっておきたい。その際、見せるところと隠すところに、その当人の価値観、なにをかっこいいと思っているか、なにを気にしているかということが当人も自覚のないまま隠れもなく現れる。だから本当は、自分についてものを書くのは結構おっかないことでもある。とりわけSNSのように当人の書いた文章が、第三者のチェックを経ないまま世界へ向けてそのまま表示されてしまうような場合、自分の無意識の欲望を垂れ流しているのではないかと疑ってみたほうがよい。

それはさておき、本書のどの部分でもよいけれど、その気になって見てみると分かるように、宮崎さんのご自身についてのガードはかなり低い位置にある（ように見える）。というのは、かっこうをつけたい人なら隠しておくか、積極的には言わずに済ませるかもしれないようなあれこれの逸話、自分の弱いところを宮崎さんは衒《てら》うことなく語るのだ。

他方でそうした弱さについての語りは、ともすると自己憐憫の混ざったものになったり、「どうだオレはダメ人間だろう、無頼だろう」と露悪的な自己顕示に振れることがある（人間だもの）。だが、宮崎さんの語りにはそうした気配が感じられない。これを私の貧しい語彙で形容するなら、夏目漱石や山田風太郎が好んで使っていた「飄然」という言葉が思い浮かぶ。ムーミンで言えばスナフキンである。

その飄然はどこからやってくるのか。これもいろいろあると思われるが、一つ私にも見てとれることがあるとすれば、文学という要素が効いているはずである。

＊

宮崎さんは、ここぞというところで小説や詩に言い及ぶ。例えば、何者かになりたいという願望についての文章では、二葉亭四迷の『平凡』が登場する。中原中也の詩から酒とのつきあいについて語り出す。『万葉集』、『宇治拾遺物語』、トルストイ、太宰治、遠藤周作、ミヒャエル・エンデ、吉田健一、村上春樹、吉田修一、東浩紀といった名前が、フィッシュマンズやフジファブリック、電気グルーブ、スチャダラパー、オノ・ナツメ、渡辺ペコ、長沢節、東畑開人らとともに現れる。それもとってつけたようなものではなく、実に実感のこもった様子で「そういえば、ほら」と持ち出される。「僕」と読者のあいだに三人目が召喚されて、トライアングルが生じ、奥行きのような次元が立ち現れる。

例えば「35歳問題」で、父の死をきっかけに考えたことが書かれている。村上春樹と東浩紀の小説から、三五歳という年齢は人生の折り返し地点であり、これを境として「あの時、なしとげられたかもしれないこと」のほうが増えてゆくという見立てが取り出される。人によってこの見方への賛否は分かれると思うが、著者は父親が亡くなったとき、三五歳だった自分に重ねて考える。

そこでこの「35歳問題」とのつきあい方を探るために、宮崎さんは吉田健一の「余生の文学」を思い出し、それを梃子《てこ》にして見方をぐるりと転換させている。実際にどのような転換がなされているかは、ぜひ本文で確認していただきたい。ここで注目したいのは、そうした正解のない人生の問題について、ここぞというところで考える支えとなる言葉を、宮崎さんが吉田健一から譲り受けているそのことだ。

詩や小説の言葉を引用したり、紹介したりするのは、読む立場から見るととりたてて工夫のない、なんということもない書きぶりに見えるかもしれない。世の中にはそのような引用も少なくない（とは自分のことを棚のかなり高いところに押しやって書いている）。だが、自分の経験を語りながら、そこにしっくりくるような別の人の文章を重ねるのは、実はそんなに簡単なことではない。これはなかなかの技巧であり、そんなふうに誰かの文章をここという場面で持ち出せるのは、日頃からよほどよく読んでいるか、ついさっき読んだかのどちらかだ。後者は付け焼き刃の浮わついたものになりがちだが、宮崎さんの吉田健一は紛《まご》うことなく熟読の賜物である。

なぜそう言えるのか。状況証拠だが、一つお示ししよう。宮崎さんが解説を寄せた吉田健一の『余生の文学』（平凡社ライブラリー）の刊行を記念して、本屋B&B（東京都世田谷区）で対談をすることになった。二〇二四年の一月のことだ。Twitterやご著書を通じて知ってはいたものの、どこかで挨拶をしたのを除けばお話しするのはほぼ初めてで、加えて言えば私は吉田健一の専門家などでもない。なぜお声かけいただいたのかは分からないものの、宮崎さんとお話しできる機会はうれしい。というのではせ参じたのだった。

その席に宮崎さんは何冊もの本を携えてきた。なかでも吉田健一の著作は、本全体がどことなくよれている。これは幾度となく手にとられた本特有の手擦れの跡だ。それだけでなく、使い込まれた辞書のようにページが細かく波打って、平面を重ねてできた直方体とは別の存在になっている。よほど読み込まなければ本がこのようになることはない。そして、ここまで読んだ本は、普段の暮らしのなかで、本が手元になくてもいつでも参照できるような自分の一部になっているはずである。これは吉田健一の言葉が血肉と化しているわけだと合点した。よく読まれ、心に刻まれた文章は、それを受け取る者の生き方に指針を与え、影響を与えるのだ。そのことは、本書の随所にも現れており、これが宮崎さんの文章に独特の読み心地を与えているように思う。

＊

さて、そろそろこの文章も終わらなければならない。その前に、平熱と熱狂について一言述べておきたい。宮崎さんは熱狂について、こんなふうに書いている。

「物書きの世界には、熱狂型の人生が好まれる風潮があるように思う。荒れ狂えば荒れ狂うほど感性は研ぎ澄まされると信じられ、またそうした人物像を読者側も求めてきた節があるのではないか。日常では見られないような、激しい表現、狂った人生を目撃したい、と。」

ここでは物書きを例に書かれているが、現在同じことがネットの動画配信やSNSで日常茶飯事のように起き続けている。より多くの視聴回数、より多くのインプレッションを稼ぎたい。数値で表される要素は、これをどうやって効率的に上げようかという人の気持ちをそそる。それらの数値が広告料の分配といった実利に変換されるとなればなおのこと。例えば、差別やデマを煽るアカウントが他人を攻撃する。それを自分の代弁者のように感じて「よくぞ言ってくれた」と加担し、金銭の支援もする多数のフォロワーが追随して被害者を攻撃する。こうした構図は現代的な熱狂の一例である。

こうしたあり方を、仮に「集団的熱狂」と呼ぶとすれば、これが危ういものであることを思い出すのは難しくない。それこそ人類の歴史は、戦争や紛争、民族浄化や人種差別、全体主義をはじめとする、集団的熱狂から生じたろくでもない出来事の連続であり、それはこうしているいまも各地で続いている。

もっとも、集団的熱狂には制御を失ったり、為政者によって方向づけられることでさまざまなマイナスをもたらす場合もあれば、スポーツやライヴ、祭りや市民運動のように創造や革新をもたらすこともある。集団的熱狂そのものが拙《まず》いというわけではない。

ことの良し悪しとは別に言えそうなことがある。こうした熱狂は人の視野を狭く偏らせ、この世界にあるはずのその他多くのものを埒外《らちがい》へと置いて見えなくさせる。人の集団が我を忘れて目の前の出来事に夢中になった結果、他の人びとを害する結果になることもあれば、一時的に熱狂した参加者がしあわせを分かち合うに留まることもある。

宮崎さんは、そうした種類の熱狂から遠く離れて、むしろそのような集団的な熱狂の光のもとでは見えなくなってしまう弱いもの、異質なものに目を向けようとしている。世界のあちこちで叫ばれる大義やその衝突を前にすると、本書に綴られるあれこれはいかにも些末《さまつ》で小さなものに見えるかもしれない。だが、私たちの日々の生活は、熱狂があろうがなかろうが続いてゆく私たちにとってなくてはならない土台のようなものだ。

平熱のまま、世界に熱狂するとは、毎日の暮らしの中で、失敗やうまくいかないことに塗《まみ》れながら生きている自分から目をそらさず、それでも世界という大きくてにわかには見ることも摑むこともできないものへと倦《う》むことなく目を向け続けることなのだ。

*

私はこの本を読んでいると、そこかしこで「はて、自分はどうだろう」と思う。昔から種類を問わず物事に熱狂できない質《たち》で、集団的熱狂はなおのこと苦手だった。それはなにか自分に欠けていることがあるのではないかと思ったこともある。でも、引き続き平熱のままで行こう。宮崎さんの言葉に触れてそう思うのだった。

あなたはどうだろう。この本で宮崎さんのことを読みながら、気づけば自分についても同じように考えているとしたら、小さな「日常革命」はすでに始まっているのかもしれない。

（やまもと・たかみつ　文筆家・ゲーム作家・大学教員）

全身随筆家

吉川浩満

宮崎智之といえばエッセイだ。宮崎さんは、エッセイの世界を盛り上げるべく、執筆のみならず、ラジオでの発信やトークイベントなど、手を変え品を変え多様な活動を展開してきた。

本書には、そんな宮崎さんの書くエッセイの魅力が詰まっている。ちょっと大げさな言い方になるが、前期の代表作と呼んでさしつかえない出来栄えではないだろうか（今後への期待も込めて、とりあえず「前期」と呼んでみた。「中期」からは批評や創作が入ってくるのではないかと推測している）。

本稿では、宮崎さんのエッセイの特質と魅力について私見を述べてみたい。

私は出版社で書籍編集の仕事もしている。文筆業者という立場から見れば宮崎さんは同業者だが、編集者という立場から見ればお客さん（担当著者）である。本書の姉妹篇といっていい『モヤモヤの日々』（晶文社、２０２２年）では、担当編集者として刊行のお手伝いをさせていただいた。

『モヤモヤの日々』は、晶文社のウェブメディア「晶文社スクラップブック」にて「平日17時、毎日更新」というコンセプトのもと、13か月間（全２５１回）にわたって一日も休まず連載していただいた文章をまとめたものだ。薄田泣菫の「茶話」や吉田健一の「乞食王子」のような新聞連載を意識している。

この無茶な連載のあいだ、毎日宮崎さんと連絡をとりあい、毎日宮崎さんの文章を読んだ。そのときに宮崎さんから多くのことを学んだが、私にとっていちばん大きかったのは、宮崎さんの「自己愛との付き合いかた」とでも呼ぶべき技法である。そして、宮崎さんのエッセイの美質もそこにあると考えるにいたった。本書ではその美質が存分に開花している。前期の代表作と呼んだゆえんである。

文章を書くときに障害になりうるものはいくつもある。時間やお金、体力がまっさきに思い浮かぶが、それだけではない。自己愛といかに向き合うのか。これもまた、あまりそのように言われることはないかもしれないが、かなり大きいのではないかというのが私の考えである。いろんな人のいろんな文章を読めば読むほどそう感じる。エッセイは、ある意味では誰にでも書けるが、同時に、誰にとっても難しい文章表現である。なぜなら、自由で不定形であるぶん、自己愛との付き合いかたがダイレクトに試されるからだ。それがいかに難しいか、身に覚えがある人も多いだろうと思う。SNSなどを覗いてみれば、謝ったら死ぬ人とか、余計な一言を付け加えないではいられない人などがすぐに見つかる。

ある程度形式の定まった文章表現ならば、付き合いは比較的容易である。学術論文を書くなら抑制する方向で臨めばよいし、私小説を書くなら全開にすればよい。一定の形式に従えという要請は、不自由に感じられることもあるかもしれないが、自己愛のコントロールという重荷から人を解放してくれるものでもある。

だが、エッセイとなると、すべてを自分でなんとかしなければならない。そこで「自己愛との付き合いかた」という課題が生じるのだが、宮崎さんはこれがきわめて上手なのである。なお、ここで「上手」というのは、自己愛を抑制したり消去したりするのが巧みだという意味ではない。本書を読んでもわかるとおり、宮崎智之という書き手はそういう書き手ではない。

問題は、書く主題に即した自己愛との付き合いかたである。距離のとりかたといってもいいかもしれない。どのくらいが適切な距離なのかは、そのつどの主題に応じて変わる。ある場合にはべったりと一体化して真情を吐露するのがいいかもしれないし、別の場合には突き放して自分をキャラ化するのがいいかもしれない。その意味で、エッセイを書くという行為は、毎回が自らを材料とした実験である。

もちろん、宮崎さんだってすべてを軽々とこなしているわけではないだろう。それどころか、毎度毎度七転八倒しているのではないかと思う。そうした実験精神による七転八倒の成果が、宮崎さんのエッセイ作品である。宮崎さんはエッセイを「文」の「芸」という側面から考察したことがあるが（「定義を拒み、内部に開け――エッセイという「文」の「芸」」『文學界』２０２３年９月号）、私はこれこそがエッセイスト宮崎智之の「文」の「芸」だと思う。

宮崎さんの仕事は、私がかねて抱いてきた疑問にも有力な回答を与えてくれたように思う。それは、なぜすぐれた男性エッセイストは少ないのか？　というものだ（あくまで個人的な印象にすぎないし、いまどき男だ女だという話でもないのだが）。私も含めてこの社会の多くの男は自己愛との付き合いが苦手なのではないか。だからエッセイを書くと、自己愛など存在しないかのように上空飛翔的な説教をしたり、あるいは自己愛べったりの自慢や自虐に走ったりするはめになる。本書で宮崎さんが披露してくれた実験精神と七転八倒からは学ぶべきことがたくさんある。

（よしかわ・ひろみつ　文筆家・編集者）

本書は、幻冬舎plusでの連載を中心に構成し、二〇二〇年一二月に幻冬舎より刊行されたものです。
文庫化にあたり加筆、修正のうえ、補章を増補しました。

初出：
◎35歳問題――文芸創作誌「ウィッチンケア 第9号」
◎わからないことだらけの世界で生きている――「やさしくなりたい01」
◎紳士は華麗にオナラする――ダイヤモンド・オンライン「あなたをモヤモヤさせるB級新常識」（2018年12月12日付）
◎中田英寿に似た男――「失恋手帖 vol. 1」及び、恋愛コラムメディア「AM」
◎一生懸命で寂しい人――「ウィッチンケア 第14号」
◎八〇〇回目くらいの話――ちくま文庫のための書き下ろし
◎川下への眼――タイムトラベル同人誌「超個人的時間旅行」
※「一生懸命で寂しい人」「川下への眼」は寄稿した原稿に大幅な加筆、修正のうえ、再構成し改題をしました。

JASRAC 出2403620-401

カバー・目次・扉 デザイン
小川恵子（瀬戸内デザイン）
カバー・扉 作品
勝木杏吏
作品 撮影
森田直樹

ちくま文庫

平熱《へいねつ》のまま、この世《せ》界《かい》に熱狂《ねつきょう》したい
増補《ぞうほ》新版《しんぱん》

二〇二四年 六 月 十 日 第一刷発行
二〇二四年十一月二十五日 第三刷発行

著 者 宮崎智之（みやざき・ともゆき）
発行者 増田健史
発行所 株式会社 筑摩書房
東京都台東区蔵前二―五―三 〒一一一―八七五五
電話番号 〇三―五六八七―二六〇一（代表）

装幀者 安野光雅
印刷所 三松堂印刷株式会社
製本所 三松堂印刷株式会社

ISBN978-4-480-43963-5 C0195